16	3	2	13
5	10	11	8
9	6	7	12
4	15	14	1

WILSON BUENO

MEU TIO ROSENO, A CAVALO

editora■34

EDITORA 34

Editora 34 Ltda.
Rua Hungria, 592 Jardim Europa CEP 01455-000
São Paulo - SP Brasil Tel/Fax (11) 3816-6777 editora34@uol.com.br

Copyright © Editora 34 Ltda., 2000
Meu tio Roseno, A cavalo © Wilson Bueno, 2000

A FOTOCÓPIA DE QUALQUER FOLHA DESTE LIVRO É ILEGAL, E CONFIGURA UMA APROPRIAÇÃO INDEVIDA DOS DIREITOS INTELECTUAIS E PATRIMONIAIS DO AUTOR.

Capa, projeto gráfico e editoração eletrônica:
Bracher & Malta Produção Gráfica

Revisão:
Alexandre Barbosa de Souza
Cide Piquet

1ª Edição - 2000

Catalogação na Fonte do Departamento Nacional do Livro
     (Fundação Biblioteca Nacional, RJ, Brasil)

      Bueno, Wilson
B52m   Meu tio Roseno, A cavalo / Wilson Bueno —
    São Paulo: Ed. 34, 2000.
    88 p.

    ISBN 85-7326-176-5

      1. Ficção brasileira. I. Título.

                       CDD - B869.3

MEU TIO ROSENO, A CAVALO

*A Douglas Diegues, meu
compadre brasiguayo*

*A Fábio Campana e Denise,
a madrugada acesa*

"Hay sabios antiguos que, como vejigas secas y desinfladas, han cabalgado los vientos —y no sabían si era el viento quien los transportaba o ellos los que movían al viento."

Cesar Aira

O dia em que o meu tio Roseno montou o zaino Brioso e tocou de volta para Ribeirão do Pinhal, ainda não era o dia em que eu nasci, aquele treze de março de mil novecentos e quarenta e nove, e nem havia chegado a hora da quinta tentativa da mulher, Doroí, de dar à luz um filho que legitimasse o entranhado amor que nutria, bugra esquiza e de olhos azuis, por este meu tio tocador de sanfona e capadeiro de galo, aquele tempo antes da Guerra do Paranavaí.

E aí então que foi o primeiro céu — o meu tio Roseno, também Roseéno, Ros, Roseveno, Roselno, o meu tio Rosano, distante cinqüenta léguas e meia de Ribeirão do Pinhal, e a menos de um quilômetro do rancho que acabara de deixar no entroncamento do Breu com o Laranjinha, para lá de Guairá, onde, com o negro xucro Tionzim, cultivava uma roça de milho, extenso maizal, aí então que foi o primeiro céu. Veio vindo assim nem que o ouro desmaiado de um baio, a luz do sol que se põe numa vertigem de entardecer fulvo, longe as montanhas azuis. Roseno, meu tio, a primeira coisa que pensou, a trote lento na quase maciez do zaino, foi num segredo: o da cigana que lhe dissera, com rude presteza, e cru mistério, que, desta vez, Doroí ia lhe dar um filho, uma filha, por ser mais certo, e que chegasse a tempo para batizar a menina com o nome de Andradazil. Andando baixo este primeiro céu, meu tio, Roseno, dizia repetidas vezes o nome, Andradazil, Andradazil, escandindo-o ao trote calmo do zaino, para gravá-lo mais e melhor. Andradazil. Nome esquisito, e necessário, segundo a cigana, para que Andradazil forjasse no barro daqueles ermos a sua índole de cão. Isto a cigana não disse mas era como se dissesse, do modo e jeito como decifrava meu tio Roseno aquela profecia, agora que rumo a Ribeirão do Pinhal, e a Doroí, seu amor bugro retinto, ao manso dos olhos dela, azul, pudesse segurar nos seus braços de homem aquele toco de gente marcado para crivar de bala toda a Guerra do Paranavaí, muitos anos depois deste céu que ora embala e sossega, melhor ainda agora ao trote ronceiro de Brioso, cavalinho bom, comprado na feira de Araré, um dia de cachaça, sanfona e capação de galo, um dia adventício. Desnecessário pressa — só daqui a cinqüenta léguas e meia é Ribeirão do Pinhal. Não longe o Aquidaban-Niguí, ouro-barro, memorioso, que passa na beira do túmulo de López, proximidades do rancho de um compadre Diegue, tapera ornada de flor, no país do Paraguay. Com o entardecer que faz sobre a cabeça, mais um motivo para compreender tudo, e o que este céu tem para dizer, agora que imensas as nuvens se estiram, dourado-velhas, chumaços coral e âmbar, aqui e ali desmaiando num quase lilás ou ascendendo às tintas de roxo supremo, transgressor. Meu tio Rosalvo, sobre o brioso Zaino, sabe, decidido, o que de légua e caminho. Passam por ele e seu cavalo, trazidos pelo vento, estonteantes, o cheiro do capim-mimoso e o rascante perfume da amorinha silvestre quando em brotação de flor, e tudo é o céu deste janeiro, lembra meu tio Roseno, ainda que não tenha muita certeza se já foi Natal. Um céu que é quase veludo, pudesse a gente tocar o azul que ora se faz cada vez mais intenso, derivando para tinto negrume salpicado de estrelas; safira, o céu, este primeiro céu sob o qual o meu tio Roselvo pensa, e ao trote brando de Brioso, perscruta e percorre os destinos de toda a Andradazil.

De repente, ali, à frente de tio Rosilvo e seu cavalo, o guarani, quase-gordo, Avevó, de ralos cultivados bigodes, o guarani Ambotá — cabelo corrido dos lados, a cintura em pança trançada de faca e facões. Os dentes, limados ao extremo da agulha, luziam. "Apeese, hombre." Nosso tio, sereno Rosalvo, desceu do Zaino. "Se assunte, bugre" — despachou, destemeroso. "Aqui es el Avatiyú. Flacos no passan" — brincou, cínico, o ameaçante guarani Há'angá, a língua mexendo-se dentro da boca crivada de dentes. Nosso tio foi firme, cruento o verdoengo dos olhos, ríspidos os olhos de Rosevildo, de verde folhagem. A cor, os olhos, mesmo que o panambi-y, riozinho borboleta, de intenso verde fulgor, cujas margens as lambem e lambem os bagres-estrela, diligentes, capazes de devastar todo um barranco, não migrassem, lisos e barbelentos, tão logo o sol da manhã poreje em luz as calmas águas de passarinho, escorregadios os cabeçudos no rumo de outras barrosas margens. Rosevilvo, a mão no cinturame, dali puxa, e reluz, de prata, o segredo da garrucha comprada em Araré. O guarani, este, Pï'aguasú, o grosso pescoço de touro enrodilhado por um colar de guizos de cascavéis, fez à larga o piranhal dos dentes, rindo e rindo. O guarani parece ficou maior que o perigo. "Que atires. Las balas no son más que el humo. Solo saben matar los cuchillos" — remoeu, fronteiriço, o estrangeiro, naquela língua sua atrás da limalha dos dentes.

Ninguém para saber, neste primeiro entrecéu, se de guerra ou zombaria, tal encontro, cinqüenta léguas e meia do Ribeirão do Pinhal, apeado do zaino e magro de carnes, Rosenalvo, nosso tio, à frente do selvagem que medo não tinha a arma de fogo posto que duvidava delas nem nunca vira que disparassem. Como é que podia, mas a guerra nem de longe passara por ele, com seu rastro de cadáveres furados a bala, as manhãs peçonhentas, de baioneta e canhão, da toda Guerra do Paranavaí. Ou será que o Avevó dissimulava, o Moñuhã? Duas vezes batendo as mãos fechadas contra o peito, o guarani, de rasgados olhos e rente franja recortada na testa, tartamudeou, nequício, o bruto corpo fechado — "Já lo disse — esto pecho no lo transpassan las balas porque las balas no han" — paraguaya a língua do índio dançou entre as agulhas dos dentes, quase um sorriso, cínico.

Nosso tio Rosevalvo, macio, mudou de intento, posto que, chucro, o Pîacá não acreditava em arma de fogo, e mirando este primeiro entrecéu, floral, maíz, sentiu de perto que a amizade do bugre lhe seria mais leve que o confronto. E depois tinha o destro dos dentes afiados de cão. Três tiros seguidos contra o grosso tronco da tucunarã feriram fundo a leitosa carne, assustaram o zaino que relinchou em corcoveio de fuga e alto cresceu enorme, preso ao cabresto, à frente do guarani, o Tuvichá, que, pelos olhos e com a língua entre as pontas dos dentes, parecia ter visto, fantasmal, o primeiro cavalo a vagar no mundo, e o fogaréu das pólvoras. Acreditou, pela primeira vez o guarani Sumé, tido como Tomás ou Tomé, Chomé ou Chumé, no poder do fogo que as armas cospem. O bastante para o impávido do bruto bugre jogar facas, facões, punhais, um a um, desembainhados da pança, à frente de nosso tio Roseando, e dizer a ele com espuma nos dentes — "Hombre, tienes passaje. Acá es el Avatiyú". E não foi preciso ao nosso tio Rosando dizer que seguia viagem, para lá, bem para lá além de toda a Guerra do Paranavaí, posto que o guarani já lhe pegava das mãos, como era o costume, e lhe indicava, com um movimento de sobrecenho, a floresta. A limalha dos dentes, atrás dos beiços, debaixo do rarefeito bigode, intimou, num aranzel oferecido, respeitador — "Quiero que veas la reina".

Remontando o Zaino, nosso cavalo, tio Rosenaro, guiado pelo guarani Imbareté, trotou cuidoso as trilhas espetadas de espinho-santa-maria até as cercanias da maloca, ninho no oco da floresta onde o escasso povo do cacique Asîguera se escondia. E la reina era a filha mais nova do guarani esta Parai'evu, virgem esperando Rosevilvo, abertas as pernas, na rede, ali onde, reunindo forças para a viagem, nosso tio, bem perto da aldeia, amarrou a uma árvore o paciente Brioso, e seguiu, pelas mãos do bugre, ao coração da floresta. A cona aberta da índia criança, úmida dos desejos de nosso tio, alto e magro, aquela noite, e por toda a noite, nosso tio Rosevino ao gosto ficou daqueles humores e o forte cheiro da mbyá infante — de nova, ainda não lavada por dentro. Foi um estremecer de rede ao quieto luzir das estrelas, e o pálido da grande lua, só um filete de sangue a demarcar fronteiras, pisado ao cânhamo cru da rede, este primeiro entrecéu de nosso tio Roseno, no meio da indiarada, ao gosto daquela imprevista núpcia, a tapîpí nova da indinha nova, de seios em bico igual que o cajá-mirim, assim duros e tesos, tocados de murmurante arrepio.

No entrecho da manhã foi que nosso tio despejou no chão do terreiro, pentes e espelhos, água-de-cheiro e pedra-pome, com a graça de agradecer ao guarani Tuvichá a noite hospedeira, o bom pasto a Brioso, as garapas e o cauim, o tabaco meloso de Parintim-A-Dentro, e, sobretudo, pouco disse dela, da bela Agará, e de seu sexo orvalhado, assim como quem reduz a pouca fala, diante do pai, mesmo que bugre, os respeitos pelas vergonhas da filha.

Amarfanhado de noite, os cabelos espalhafatados e a grossa pança nua no despertar da madrugadinha, o índio velho não se pense humilde. Raiou rascante a voz e a limalha dos dentes cheios de zanga — "Ahora ficas para casar-se com la reina". E isto não supunha nosso tio Rosevago, a cara já lavada, composto e enchapelado, pronto para reencontrar o zaino, e em galopeio chegar num zás ao Ribeirão do Pinhal, lá onde Andradazil, marcada para sumir no tiroteio, ainda ia que ser a heroína de toda aquela guerra e de todo aquele morticínio. "Ahora ficas. Aqui es el Avatiyú." Repuxando a garrucha do coldre, na cintura, nosso tio Roseno foi, ainda uma vez, magro de gestos, ancho de astúcias — "Mira, bugre". E fez descarga com a prateada à roda toda do chão em torno, a silvar faísca, poeira e bala. Sem as facas, desarmado, nu de barriga recém-amanhecida, o guarani se fez ñembotarová e bufando na direção de Rosilvo, nosso tio, gritava com todas as forças, o grosso pescoço estufado de veias — "Solo pican el suelo! Un fuego que de pronto ya no es! No es! No es!".

Hora absurda em que nosso tio, não tendo saída, só fez pôr nas mãos do guarani Yguarú a garrucha ainda quente dos últimos disparos, ensinando-o, destro, que as armas, sim, cospem fogo. Primeiro, o guarani mirou o reboco da choça e o viu em torrões estilhaçar-se e, assustado, largando a arma, feito quem sacode das mãos imprevista serpente, constatou que, mesmo no chão, ali jogada, a prateada ainda vertia a fumaça de sua tosse e engasgo. E foi só então que deu passe livre a Rosevalvo, nosso tio, e o levou pela trilha até onde amarrado em longa corda passara a noite o zaino, à espera do senhor seu cavaleiro; o cavalo e o nosso tio, feito o punhal e a bainha, a abelha e o mel, o céu e a fímbria do horizonte.

E nosso tio Roseno, os olhos ariscos, de verde folhagem, só com o chapéu disse adeus ao guarani, aquele Chã, aquele Cheã, que se deixou ficar, parado, de novo a pança cruzada de facas, em pé, alheio, a mão cheia de corós vivos que apanhava com o polegar e o indicador da outra mão feito uma pinça e ia estourando, devagar, com lascívia, um a um, no estilete da presa.

Ao andado que a brisa dá, lufadas, Rosenando, nosso tio, recavalgou Brioso, a mão esquecida na rédea, sem lavar, as mãos, com o gosto ainda, remoinho de água e espuma, do sexo da Anamá Porã, a indinha cheirando à flor do aiti aos borbotões esparramada sobre as águas do além-fronteiras, o Parintim, tingindo-as de um marinho azul salpicado de estrelas.

E nosso tio Rosevalgo nada mais pensou, neste primeiro entrecéu, senão em Andradazil e todo o subseqüente destino.

O Piquiri. O Ivaí. O Paranapanema.

O céu que o veja assim a cavalo gastando as horas antes que apeie ao abrigo das árvores da noite, verá, dele, do meu tio, o recorte de um cavaleiro magro, a larga véstia, o chapeirão preto, a barba moça e uns que também olhos claros, verde folhagem, não de bugre feito os de Doroí, mas de um longínquo andaluz, meu trisavô materno, seu bisavô, muito antes de tudo, muito antes de nós, mirando com o mosquetão as extensas jabuticabeiras, e apertando o gatilho, um soco, só pelo prazer de ver cair, jabuticaba madura, uns que dez ou quinze sagüis, o surdo ruído no chão contra as folhas secas, o cuincho pânico, a fuga dos que escapam em assovios e guinchos desesperados. Atente o céu, também, para as peleias que sacudiram aquela terra vermelha, sempre a ser conquistada, muito antes de nós, e que um dia, quem poderia supor?, dariam na Guerra do Paranavaí.

Agora, entanto, o que se vê do céu é uma imperiosa lua, dessas que se recortam redondas sobre o Vale do Piraretã e ali ficam e ali demoram, passeantes da espessa floresta de muito antes do ano de mil novecentos e quarenta e nove, por onde segue Roseéno, meu tio, fixo olhar à frente, o queixo erguido, a corcoveante estradinha, branca de lua, estreita subindo o morro, manchas compridas e escuras, gentil o palmital contínuo, de um lado a outro, aquele tempo, as palmeiras farfalhando. E este não seria o segundo céu, não fosse o que Rosevalvo, meu tio, vê, nítido, bem no alto do morro, ainda sem apear de Brioso, o zaino, para o pernoite: primeiro são luzes, prata, argênteas, pequenos flocos, da esquerda para a direita, e vice e versa, correm, revoluteiam, giram, e no que parece um estrépito, fenecem, bolhas, chispas, no alto do morro, de novo, se entredevorando, choques, faíscas, e ainda uma vez os flocos, argênteos, brilhos, fugaz e lunar outra onda de prata e abismo a perseguir, pó de estrelas, novas bolhas a dançar a dança luminescente, bem no alto do morro, feito fossem tangarás noturnos, preciosos e ritmados, eles, muitos, dezenas, a espoucarem, fogos-fátuos, boitatás. Brioso estaca, os olhos saltados em susto, relincha e apavora, enquanto Roseno, meu tio, grudado ao freio, aos corcoveios, firma as pernas ao estribo e sossega o zaino à unha.

Algum tempo depois, o céu verá, então, Rosevilvo, nosso tio, apeado de Brioso que é posto a pastar, esquentando as grandes mãos na fogueira que espanta os mosquitos ao mesmo tempo que aquece, na trempe, uma porção do virado de feijão feito pelo negro Tionzim, panela e meia com muito alho e pimenta, para bom trecho da viagem, que do guarani, aquele Avevó, e seu povo, só lhe ficara o humo da Anamá Porã. Verá o céu, também, logo a seguir, que tine a colher contra o prato de alumínio, a noite enorme, nosso tio Rosalvo come a gosto, os olhos na direção da fogueira que parece dizer, a cada chama que levanta, crepita e vai, que assim também, efêmera, é a natureza dos fogos-fátuos, os boitatás de ainda agora que tio Roseno entende como o prenúncio das glórias de Andradazil em toda a Guerra do Paranavaí, a crer ainda na cigana arisca e que com dentes falhos lhe garantiu para daqui a cinqüenta léguas e meia, adiante do Ivaí, quase encostando no Paranapanema, o nascimento, da barriga de Doroí, no Ribeirão do Pinhal, do seu primeiro filho, uma filha, por ser mais certo e sem erro.

Vermelha, de uma cor atijolada e sem nome, a esta hora da manhã a estradinha nem de longe dá notícia do que fôra à noite sob a lua vaga — prata e lunar, serpenteando até o cume, ali onde espoucaram, fogos-fátuos, os boitatás. Para Riosenes, meu tio, de cabelo e barba revoltos, lavando-se na beira do rio do que os sonhos lhe grudaram ao corpo de orvalho e ramas, mato e carrapicho, o mundo era uma estrada para o Ribeirão do Pinhal. Andradazil, um nome — a travessia de si para a bugra Doroí, de si para o ser que a barriga de Doroí fez crescer na ausência dele, enquanto tocava o roçal de milho, ele e o negro Tionzim, bem para lá de Guairá. Isto tudo foi há tanto tempo, muito antes da Guerra de 1943!

Como lhe sairá o nariz, de Andradazil? E o que de olhinhos mais vis?! Azuis? A boquinha rasgada é de meu tio, Roseno; a cabeça achatada, da bugra retinta Doroí, sua mãe. Que quão pequititinha a menininhazinha Andradazil! Mas não se fiem, contudo, na candura dela entrevista ao longe, ao trote já adejado de Brioso, nosso zaino, abrindo o vento e a manhã em dois, no galope feliz que ao sol lhe esfregam brisais e aragens, viração e aura, de peito aberto, nosso tio, Rossalvo, de intensa íris andaluz, pressente e já se vinga — será dela, de Andradazil, toda aquela guerra por guerrear, a guerra toda da Guerra do Paranavaí.

Olhem que meu tio Rosireno era homem sóbrio, e relígioso, mas em razão das comemorações pela anunciada Andradazil, sua filha, e primeira, não pensou duas vezes antes de enfiar no embornal meio litro de cachaça — da legítima Sirií, do alambique Campos Altos e que o negro xucro Tionzim costumava esconder enterrada a meio metro em botijas de cerâmica ou em vidros vazios de perfume, comprados com muito sacrifício na feira de Araré, o que dava ao ácido sabor da aguardente não sei quê do insolente triunfo de um pecado adocicado, e desnecessário. Muitas garrafas eram perdidas porque o negro não se lembrava mais onde fizera o buraco. A cachaça foi o maior problema do preto enquanto viveu naquele trecho de milho e sassafrás nativo, entre o Breu e o Laranjinha — bêbado de muitos dias, ficava violento ou copiosamente chorão, e desandava o milharal, correndo da própria sombra, cambaio, em lágrimas e uivos, quase relinchos, a verga em riste brotada da barguilha aberta, gemendo e rangendo os dentes por causa de mulher.

Andou, ainda, a manhã, ao trote intermitente do zaino, cuja cor, de estrepitosa beleza, concorria com a vertigem castanho-escura dos barrancos a sustentar a mata verde de cada lado, andou a manhã pródiga de poeira e magenta argila, aos cascos, pressurosa, manhã do Vale do Piraretã, trilhas e veios do bifurco do Breu com o Laranjinha até a estrada que dali a quase cinqüenta léguas vai dar em Ribeirão do Pinhal, andou com ela, com a manhã de puro sol, o cavaleiro, Roseno, nosso tio, a galope ou em marcha arábia, até Andradazil, sua filha, anunciada para nascer mal consentisse o entardecer do sétimo dia, coincidindo com que apeasse à porta da casinha verde que era bem a alma da bugra retinta, nossa Doroí, a casinha verde à entrada de Ribeirão do Pinhal, à esquerda, a verde, onde padece e esperneia, fria de medo, os ariscos olhos azuis, a sua dona que espera Rosevilvo, nosso tio, a galope desde o bifurco do Breu com o Laranjinha, margens cismantes do Paraná e suas águas, vindo a pegar com as grandes mãos Andradazil, nossa heroína coroada na Guerra do Paranavaí, prestes a nascer, a cabeça achatada saída à mãe e a rasgada boca a Roseno, nosso tio, seu pai.

Êta que tiquititinho de gente Andradazil há de ser, matuta Rosalvo, o cavaleiro, agora que a tarde castiga, de oblíquo sol, rosto e mãos, nuca e cabelo, a seguir na estrada, já mais de dez léguas, a estrada que vai dar no Ribeirão do Pinhal, marcha vagarosa de Brioso, a procurar a melhor sombra onde se dê a sesta desse dia que há de logo recomeçar, a tarde menos ríspida, depois de um descanso de hora e meia. Ainda que o tempo não conte nessa fábula de montaria, só as léguas, de um céu a outro entrecéu varadas pelas asas do nosso cavalo.

Coaxante, mirim se esfalfa o grulhar da saparia. Até o Zaino afina as ventas, arisco, investigando o ar com o focinho, inquietos os cascos experimentando o andado do chão. Há por perto a lagoa da Gruxuvira, mutante, provisória sempre, alimentada em exclusivo das águas das chuvas, a cada hora e a cada vez. Roseante, o cavaleiro, parece sente do cavalo o sangue fluir. Pelo lado de dentro das coxas, que encostam à barrigueira, chega a lhe adivinhar o suor ainda não vertido, e também seus humores, ao todo do corpo enganchado nele feito a ostra e a entranha. Pelos matos rasteiros já vai o chirriar dos insetozinhos da noite, tritrilar de grilo e zunzunar da vespinha-aimoré que dorme tarde entre os fiapos de capim miúdo, cércea do chão a grilarada, e vem, do longe Piquiri, à beira desta Gruxavú, como que um vento fresco, fluvial, de água tocada pela mão da tardinha porosa, ciciante. Passam libélulas tardias e também revoejam umas que mariposas urgentes, apressadas para encontrar o escuro, só em perceber que o sol não há mais, apenas a memória dele no bufar suarento do Brioso e debaixo do chapelame de Rosino, nosso tio, ávidas e borralhas fundem-se à noite nova, ainda que a ela não se misturem de todo, as asas, ocres mais que cinzas, e o incansável rodopio com que rondam e rodam em torno — ora em reta oblíqua, as asinhas prestas, ora por chilreantes espirais, à roda toda de cavalo e cavaleiro, como se fossem estes os únicos bichos moventes do mundo. Daqui a pouco será a noite fechada dos ermos daquele ano de mil novecentos e quarenta e três com o costeludo do guará magro fuçando os ermos da Gruvuxira e o uivo esganiçado dos soldados passados ao fio do sabre no medonho mais aceso de toda a Guerra do Paranavaí.

Não se sabe quem viu primeiro — se o Zaino, nosso brioso, ou se meu tio Roseno, a cavalo, o que de rumor no segundo entrecéu desta história urdida por sete céus e seis imprecisos entrecéus a galope. E foi como se a noite caísse de pronto revelando imprevista lua cuja luz desvendou, bem atrás da serrinha da Gruxuvíria, alvas, puro osso a descoberto, a carcaça crucificada dos heróis.

A vinte léguas desde o Guairá, Roselao segurou no freio um agora corcoveante cavalo. Ao sopé da Serrinha, o espetáculo macabro — dúzias de cruzes espetadas na areia e delas pendentes os esqueletos cal e prata dos combatentes, patrulha apanhada de surpresa pelo entrevero do Itacoatiara, ainda antes, muito antes de Andradazil e de todas as guerras do Paranavaí. Cavalo e cavaleiro pareciam não acreditar no que o luar lhes punha frente os olhos, e quanto mais próximos, ainda que renitentes, entreviam — ao lenho de cada cruz, os inimigos amarraram o verde lenço da soldadesca enfiada até o sangue da garganta naquele brigueiro, e tanto tempo se passara e tantas foram as chuvas e os sóis que os panos se esfarrapavam ao vento, nem mais verdes senão o verdoengo pálido do que um dia foi cor. Algumas cruzes não traziam os crucificados e se apercebendo mais perto foi que Roseente, nosso tio, deu conta — sacudida nos bicos pelas rapinas o que um dia fôra carne, também os ossos se estatelaram, e amontoavam-se agora ao pé da cruz, banhados pela grande lua, eles, os ossos, que, de brancos, fosforeciam. De novas cruzes, parecia o brinquedo da noite o que a lua desabria — marmotas, mamulengos, entrevultos, pendiam outros cavernames, outros heróis, ora sustentados só pelo frágil fio de uns braços e ossos das mãos, ora pensos, inteiros, sem a falta aparente de qualquer tíbia ou artelho, o inteiro esqueleto preso à cruz pelo amarril dos braços feito cristos-jesus e pelos muitos nós com que lhes grudaram ao madeirame os lavados ossos dos pés. Quase não teve coragem, nosso tio Rosevelvo, de apear do zaino, agora que o vento como que trazia, intenso, às narinas, o folharal do capim santo, e a dobrar a Serrinha, jurava que daqui ouvia, o cavaleiro, uns ecos, uns frios, o silvar do alísio — gemente, de apavorante música assombrando mais que ao nosso tio e seu cavalo, todo o ermo do Gruxal, o rouquejar da saparia, o escuro verde da mata aqui e ali aclarado de lua, manchas oscilantes, andejas.

E foi como que sob o segundo entrecéu desta história trotada no vento, cavalo e cavaleiro, a lagoa e o grasnar de seus batráquios, e todo o universo ainda antes de Andradazil, florestas e árvores, capim e água, cruzes e ossos, a Xuguari e o Gruxal, como que ao segundo entrecéu desta lenda molhada de rios, tocado pelo movimento das nuvens e da lua, oblíquo e suspenso debaixo do firmamento, o mundo inteiro andasse.

Vacilante, movediço, o cemitério em cruz da serrinha da Gruxu, sombra lunar que a noite engole, vultos, o macabro das cruzes enfileiradas, a brisa no esgarço dos lenços, verdes, recortou-se inteiro num entendimento ante os olhos do nosso tio. Mais que campo de execução e justiçamento, feito bugres que deixam atrás de si, para serem reconhecidos, arcos e flexas, cocar e bodoques, conforme a linguagem da ocasião, aquilo ali era um modo de falar, desarvorado, ninguém tivesse dúvida, do Parnanguara, um tal Sizeno, filho de índios do litoral, e enfiado naquelas brenhas desde o começo. Tinha o risco de uma cicatriz no queixo o Sisséno, nosso inimigo. Ali Deus havia esquecido toda a maldade. Cruento, brigador, Sizeneno deixava, sempre em horror e morticínio, o seu rastro, contratado dos fazendeiros, guardião dos latifúndios, Sinzéno, o Parnanguara. Bisca de ruim, malévolo até o tutano, aquilo sabia ser o bicho. E depois tinha que era, pela quinta encarnação, imprevista serpente — atacava aos botes, de surpresa, no inopino e no desaviso. De pronto, um baque — acuava o povo dos inocentes, inventando novo crime, a cada vez. Ali os crucificados, mais adiante os enterrados vivos, e lá no começo da guerra do Itacoatiara, será que exageravam?, homens, mulheres e crianças, esquartejados primeiro e cozidos depois, no caldeirão fervente. Sinceno, vá de retro, dentro dele a fúria e a ausência de coração.

A guerra era isto? O verdoengo dos olhos de Rosíris, nosso tio, se inquietou, cismarento, sombrio — de um lado para o outro, arisco, medindo o suspenso do chão. O zaino ao leve saiu a esmo, paciente torando nos dentes o capim que generoso se espraiava pelos úmidos da Gruxiva, nossa lagoa formada das águas da chuva, baixo o segundo entrecéu dessa fábula ao relento.

Por que crucificar os heróis? — pensou Roseno, o chapéu rodando nas mãos, reverente, religioso ao pé de uma cruz que, mal fincada na areia, se inclinara, e ainda assim exibia, todo de ossos, o leitoso desenho de um inocente assim meio de lado. No madeirame, sequer o verde esgarçado do lenço dos combatentes.

Homem de reza, e senhor curvo de reza braba, Roseno três vezes benzeu-se antes de dar as costas ao herói, penso da cruz inclinada. Aí procurou o melhor chão onde estender-se de véstia e botinas, ao calor do fogo, uma mão na garrucha, outra debaixo do rosto sobre o pelego, para dormir; a 12, imponente, de pé encostada à árvore, e os ouvidos treinados para diferençar da azáfama de inquietos sons a nota surpresa da mais arisca aproximação. Ajeitando-se melhor, lembrou, entre os vagos vultos e todas as cruzes entrançadas, errantes sob a grande lua, lembrou de novo a indiazinha Anamá Porã, filha daquele Avevó, o sexo miúdo dela na concha da mão.

Dormir ao relento daquela paisagem só ossos, o zaino à toa pelo molhado capim, dormir o mais alto possível do úmido rés do chão da Gruxiva, enrolado no capote, que mesmo as noites janeiras são frias, bem no mais seco dormir, ouvindo a moda de viola dos profusos do Gruxal, é o que se esforça nosso tio Rosindo. Embora o cansaço e a lida, o suor e a andança com que andou, um dia inteiro, o segundo entrecéu desta lenda sem uso, Rosevante, nosso tio, não consegue adormecer. Ora é o frio da lua passeante da aragem do céu, ora um travo, o receio de que, levantados de seu martírio, os combatentes retornem, tarde da noite, os verdes lenços, e se lancem atrás do Parnanguara, aquele Sirizeno, índio vendedor de infusão de catuaba na feirinha do Araré e posto à frente da guarda inimiga, só pelo que matava em público uma cobra viva, estourando o miolo dela nos dentes e depois cuspindo sangue e pele, ossos e veneno, escarrando de lado o esmigalho da jararaca feito fosse como se cospe um bagaço no chão, assim de gente em volta, não acreditando, só para poder acreditar de ver o demoinhado do Parnanguara, nosso inimigo.

Revira de um lado, de outro, Rosenão. Imóvel, cochila

em pé o Brioso, nosso cavalo — o fantasma de um corcel recortado contra a noite, desde sempre a primeira vez, até que já não sabe se sonha ou dorme Rosevindo, o cavaleiro — ainda o Gruxal, margeando o Piquiri, grotas e lagoas, o chuvoso chão e é tudo como se fora a cor e os estrondos de toda a Guerra do Paranavaí, pelo que vê passar, nosso tio, por entre as cruzes, seguida formação de tropas em ataque, ofensiva medonha e os silvos e os relinchos e o tropel e o troar das carabinas, e o pânico estilhaço do obus, agora Roseveno era uma vez, espoucar de tiro e bala, o cheirame da pólvora, zoada, e grandes nuvens de poeira, no estrepitar dos cascos encobrindo o já noturno céu e tudo se fundindo numa forma escura e indecisa — a noite mais preta daquela batalha a ferro e fogo, a Batalha do Gruxal, com que sonha nosso tio, vingador, desafrontados um por um os ossos dos combatentes, pensos crucifixos sob a paisagem lunar do violante Gruxevo.

O orvalho como que apaga as últimas brasas do chão e já vai pelo Gruxal o vento, o sol e o céu do amanhecer, manhãzinha oeste, ribeira, já se querendo brilhosa e jalne. Não de todo em vigília, nosso tio Rosino desperta — e o que vê nunca nem ninguém vai acreditar, um dia — da Gruxuva à Serrinha, do mato que o horizonte devora para além do Piquiri, o que amanhece, ponha fé quem de bem enxergar, é o oceano de um canavial, toante de vento e verde, como verdes são os olhos de nosso tio, e o folharal contínuo sepultando ossos e cruzes, nascido em flor da vera honra dos combatentes, não mais o morticínio nem os algozes, ondulante a calma cor das águas folhagens, com o zaino, nosso Brioso, relinchando, de novo acreditem, cavalo de asas, por sobre todo o Gruxal, uns que brincantes volteios. Ninguém um dia há-de.

Nova moda em surdina, agora para rio e remanso, desde longe já se ouve, e com os olhos, bem despertos, pelos barrancos fulvos, a gente entrevê, a vinte e cinco léguas de Ribeirão do Pinhal, atravessando de balsa o murmurante Piquiri, nosso cavalo e cavaleiro, já sob o terceiro céu dessa história ao vento.

Poeirão vermelho levanta atrás de si Rosevildo, nosso tio, a esporear, contínuo, Brioso, o animal, velocidade à toda brida, a contrapelo da bússola e da tarde morna, galope no olho do vento, livre, impetuoso, dono da tempestade, a caminho de Andradazil, sua filha que vai nascer, eis o terceiro céu de nossa história, este que é só o azul, e põe no ar um toque de seda e macia aragem. Que céu é este, quase sem nuvens, a não ser aqueles fiapos, ao longe, estrias de paina e algodão? E que vazio comporta todo o firmamento? Como é que o céu há? Há a morte do céu, há? Esbanja azul o céu das quatro horas da tarde sobre todo o Vale do Piraretã, por onde, a galope, vai Brioso e suas asas, cavalgado por Roseno, nosso tio, céu de marinhagem marinha, a exata luz do dia, enfeitiçada.

A Guerra do Paranavaí, nem queiram: Andradazil e o mouro louco, seu amo; o embruxado Eusébio; o crepúsculo guardado dentro de uma caixa de madeira, para se ir gastando aos poucos até a caixa ficar de novo completamente vazia; flautas-serpentes e serpentes corcorveantes; entre dois fogos, cerrada fileira de balas, metralhas, garruchas, escopetas, os valentes desta guerra, seus acabados heróis, e a fila de prisioneiros, mãos na cabeça, batidos e humilhados, em fila feito fossem judeus, os cento e cinqüenta e oito soldados capturados vivos na Guerra do Paranavaí onde, de nosso lado, só formava a guerrilha, tiroteio, e era bala, bala, e bala, Andradazil sendo a musa de todo teatro de operações, aberto a facão o mato cerrado, muitos anos depois de 1943, com a saudade que isto causa ao coração de um homem.

Por isso lá vai o tio Rosaldo, a trote sereno, no lombo de Zaino, nossa briosa montaria, empurrar Andradazil para as agruras da guerra e os tormentos da paz, jogada no olho da Guerra do Paranavaí, mesmo antes que nasça da barriga grávida de Doroí, a bugra de faiscantes olhos azuis. Andradazil sonhando como era que será a Guerra do Paranavaí, quando foi e serão seus canhões. A morte não há? Por isso insisto que todo narrado e acontecido com Rosenaro, nosso tio, sua viagem, seus céus e entrecéus, é de muito antes de treze de março de mil novecentos e quarenta e nove, de antes que eu nascesse, do antes do antes ou do depois do depois, a morte não há, cavalgue-se — uma e outra coisa do mesmo jeito —, desvão do tempo, encanto, trabuco, combates sangrentos, e os cento e cinqüenta e oito prisioneiros da Guerra do Paranavaí, em fila embarcados na balsa que atravessa o Turvo, verde e remansoso, infestado de piranha e enguia, tremembé e lambari.

Eia, Brioso parece adivinha, brincador, trote alegrinho pela trilha pedregosa, o bulício e os milhos, o sal grosso e a festa, o relinchante das éguas de outras paragens, pressagia o zaino, folgaz, posto que daqui a pouco, ganhando o primeiro alto, o da serrota do Apó, dali já se avista o burburinho e motim da Feirinha de Araré, seus gringos e avarentos, palhaços e mulher-onça. Também Rosenares vai, cioso, prazenteiro, imaginando a putarada da Arnilda, o quarto de porco de Dona Maria Custódia, assado na brasa com o crocante debrum do toicinho que a gente estala nos dentes e lambe até o vão dos dedos da mão; e tem a cachaça de Campos Altos que nosso tio bebe moderado, sabedor.

Mira, senior, que já es la ferita de Ararê — fica com saudade, o tio, da fala atrás da limalha dos dentes, cheia de palavras a fala do bruto Avevó, mas saudade é coisa que não se engana porque, no fundo, sabe o tio por quem as tronchas saudades tramam — é pela cuñataî cujo sexo de tão pequeno lhe coube inteiro na concha da mão, mbyámichi, mbyámichimi. Pudesse guardava na boca a tapîpí dela de arrepiada penugem. Vai com ele, o nosso tio, no terceiro entrecéu deste raconto-aragem, o vezo engrolado com que, uma vez, só uma vez, entre tantos abraços, e o enrosco das pernas úmidas, a indinha gaguejou, num murmúrio, o balbuciante sussurro que os ouvidos de nosso tio ouviram para sempre — "Caraí com pelos... Queda más, Caraí. Fica com Anamá". Sabe, entanto, nosso cavaleiro, o que de posse, desejo e ciúme, e toda a Andradazil, perseguem os cascos de seu cavalo, a inteira Guerra do Paranavaí, e os enforcados vivos balançando do alto das embaúbas, os olhos roídos de formiga — a feroz aztequinha, que vive nas embaúbas selvagens, ali delas o ninhal e o fervedouro — e o todo céu tinto de sangue, e as alegrias de Deus igualmente no vento, rumo e sentido de Araré que já daqui se avista.

Na serrota do Apó hacemos de um todo — caramelos y avestruzes — quando moço, lembra Roseno, nosso tio magro, os índios desfolhando o maizal contínuo ali onde hoje só chuvisco e aragem, os relentos da Apó, seus desertos florescidos de pedra e capim-guedes. Se bonita a fala dos índios, pensa Rosevindo, nosso tio, melhor — e concorda o zaino, marchador — quando cantiga de conduzir tropa por estas errantes paisagens. Em Araré tem sanfona e sanfoneiro, mulher-da-vida declamadora, cavalo para trocar e vender, as argolas de ouro dos ciganos, suas pedras e jóias, capação de galo e amansamento de burro. Em janeiro a feirinha de Araré fervilha entre o Ivaí e Andradisina, com seus homens de bota e os guaranis de um mil novecentos e quarenta e três, aquele tempo, muito antes de treze de março de mil novecentos e quarenta e nove, quando nasci e nosso tio ainda era vivo.

E nem bem apeou do zaino, solto a pastar o mimoso do Cercado Cardeal, Roseando inscreveu-se no Hotel Ivaí, com seus quartinhos separados a tabique, toalha nova e sabonete coletivo na pia do corredor, à entrada do grande banheiro onde tomou o primeiro banho desde o maizal do Guairá, com o xucro Tionzim semeando sirií e mastruz por todo o esburacado chão daquelas paragens. Barba e bigode aparados, a basta cabeleira regomada de glostora, enfatiotado, Rosenovo, nosso tio, saiu à noitinha fogosa de Araré, com seus circos e rojões.

Desapeado de nossa briosa montaria experimenta agora, nesta lenda antiga, os desarranjos pedestres do chão — buracos e baldios, seixos, pedregulhos, barranco e grama, a macia areia que o Ivaí banha, por baixo, entranhado na terra, com suas raízes, desde muitas léguas; ao fundo, regatos, lençóis d'água, fazendo nascer nas socavas o xué-guaçu, serelepe, do tamanho de uma mão fechada de menino, debruando a cantiguinha cururu *coa coa só um sapo na lagoa*.

Curioso, este nosso tio Rosemundo só usa esporas no tacão da botina, reluzentes as duas, e prata, se desapeia do Zaino. Nunca o cavalo viu no barrigame a mutuca do esporim que Roselindo abusa de passear agora pelo arruado de Araré, faceiro, demonstrador. Vá alguém entender Rosenalvo, nosso tio, nas tréguas da Guerra do Paranavaí.

Logo se espalhou, de boca em boca, a presença de Rosenaves, capador de galo, e os feirantes já o repuxavam pela manga, uns assuntando os segredos do infreqüente ofício e outros precisados de conter a fúria e o furor dos galinheiros. Mas nosso tio o que queria, nesta primeira tarde, quase finda, de Araré, era a cachaça de Campos Altos, o liso ventre das meninas da Arnilda e uma quem sabe prosa com aquela gente que, vinda de longe, se amontoava nas vendas, jogando conversa fora. Sabia Roselando, por experiência, o que de aprender e divertir-se com a caboclada. E, olho certeiro, se houvesse, cravava num espião, posto que, não se esqueça, é a guerra — por dentro e por fora, a sempre Guerra do Paranavaí, legítima sucessora dos entreveros do Itacoatiara. É sangue e sangue; é bala e bala.

De sanfona não se fale desta feita em Araré — a doze baixos, ondulante, ronhosa, vermelha de reluzidio marfim, esta nosso tio deixou como paga de dívida, jogo de cartas, um pife, no Guairá, mas principalmente dela não se cogite porque Rosevilro tomou-se de raiva e dorida perda, culposa, do sanfonão majestoso capaz de arrancar, elétrico, os altos e baixos de um rasqueado frontero que era além que o Paraguay, e que era além que o Guairá, e que só sossegava, guarânia amorosa, ao cansaço das seis da manhã. Argh — Rosemélo, nosso tio, grunhe e cospe de lado a ponta do capim-rastelo que mordiscava, alheio; limpa o catarro da goela e, mesmo pensar de novo, não ajeita, porque, sem sanfona, era como se ele nem fosse a metade. Sanfoneiro que se honre, porém, não põe mão em sanfona dos outros, ainda que seja para fazer as pazes. No enterro dos heróis, a garganta um fole, a doze baixos tocava, solene, o sentido hino dos mortos da Guerra; marcha lenta, lacrimosa.

Esquecer, entanto, o mote — em Araré, quem é que ia sentir falta de sanfona?

Tinha como certo, sabia, que a capação de galo nunca deixara de render bem nas viagens do Guairá até o Paranapanema, mas consultou do bocó o que ali havia de dinheiro. Misturado ao canivete e ao pedaço de fumo, as palhas e o crucifixo de bronze, presente da Avó, ainda antes do brigueiro, contou, do lenço desamarrado, o caramínguá, e se deu por muitíssimo satisfeito — apesar de xucro o negro Tionzinho sabia comerciar o maíz, vendido a bom preço, na escassez, e comprados os grãos, para o semeio, na abundância. Do bornal retirou a dinheirama, três vezes enrolada em si mesma. Assoou no lenço encardido e passou a pilcha farta para o bolso quase transparente da camisa nova. Nosso tio sabia o que fazer, matreiro, ordenador. E depois tinha que a feirinha de Araré era um fervedouro de povo desencontrado, bandoleiro e gente bem, meganha e mulher-da-vida.

Andando assim ao compasso da botina, passeante, seguiu pois nosso tio Rosevilvo, argüindo, soletrado, com o verdoengo dos olhos, furta-cor ao cair da tarde, as tabuletas e os risos — aqui toda uma fieira de casas de esbórnia, as meninas da Arnilda e as de uma nova dona, Elimara; ali o supremo da venda do Alcides, com suas aguardentes e licor de mandioca fermentada, o caxirim famoso, preparado pelas mãos da mulher dele, a Maria Paraguaya; acolá a vez e os vezos do circo e seus palhaços, só com função noturna; e servida de faixas indicando o caminho, soturna maravilha, a tenda da Mulher Barbada; e para cima e para baixo, onde se andasse, pelos arruados do Araré, o varejo de coisas — de cavalo velho a vaca prenhe, de jóia e pó-de-arroz de moça a terno de casamento e vasilha de barro, para troca ou paga à vista, de um tudo, o indizível. Até retrato se tirava no câmbio — dois quilos do bom feijão de Andradisina por uma pose na cadeira-de-braço em frente ao desenho da serrota do Apó, lustrosa de verde, com igrejinha meio torta no cimo, como se igrejinha existisse, e comportasse, a Apó, aquele mundo de árvores farfalhantes. Bonito era embaixo escrito, soletram os olhos de nosso tio — *Em Araré Dechei Meu Coração*. O povo fazia fila e se alvoroçava.

Acompanhando as faixas de pano que guiavam os interessados, nestes andados do chão, Roseleleno deu, duas esquinas acima, com a casinha baixa, de duas janelas lacradas, e, solerte, o meu tio entrou, meio de banda, reverente, girando o chapéu nas mãos — afinal ali era o gradil e o altar da

Mulher Barbada, sendo esta a maior mulher barbada do mundo, a Mulher Barbada da Feirinha de Araré — imensa, posta no centro liquefeito da sala, entre almofadas e cetim, rodeada por três anões, a saia godê esparramada no chão em arranjo de meia-flor e, mais que gorda, a Mulher, estreitava num tomara-que-caia, que lhe acentuava os ombros de giganta, os enormes seios sobrando da blusa. E já ali, relando ao largo colo, esparsa, chumacenta, grisalha, a barba retumbante caía, da giganta, desde a cara, pescoço abaixo sobre as carnes fartas igual fosse uma visagem. À mortiça luz-em-cor, a lâmpada enrolada no papel crepom rosa, fazia dela uma Mulher Barbada quase fosforecente.

Nosso tio ficou olhando, olhando a espetacular novidade feito quem olha bezerro-de-duas-cabeças, chifre em suíno, ou cria de raposinha e jaguara. Os anões, vestidos de centurião, com suas lanças guardavam a maior Mulher Barbada do mundo, a mais imensa, a Mulher Barbada da Feirinha de Araré. Baixo a fraca luz, quando menos se esperava, a maior mulher barbada de todo mundo sacudiu barba e cabeleira, e no lusco-fusco da mortiça luminescência rodeada de anões, uma nuvem de vaporoso talco delas se desprendeu e cobriu de espessa névoa a cabeça da Giganta. Aquilo ali era a broma — desconfiou Rosalvo, olho comprido, chapéu na mão e a vaga sensação de estar sendo enganado.

Foi quando nosso tio — nunca se espere de sua pessoa o provável —, descrente, o Rosenento, se achando em palpos de lorpa, muito próximo dela, apesar da vergonha e do encabulo, de imprevisto atravessou o braço entre as lanças trançadas dos guardiães e, por dentro, de baixo para cima, entrançou os dedos na pelarada, puxando com força para ver se de verdade a barba da Mulher Barbada.

Não precisa dizer, nesta comédia de erros, o grito que emitiu a até então muda e hierática giganta, que assustando Rosenaz o fez largar de pronto a cabelarada da barba, não sem antes perceber, agarrado aos dedos, um chumaço da esgarça grisalha.

Num ímpeto, Rosevaz, oportuna pressa pedestre, deixou, os olhos apertados, a soturna luz daquela casa de ilusões, o passo ligeiro, caminho da primeira venda onde servissem, no corriqueiro, o veludo na língua e o rascante na garganta da legítima Campos Altos, branca de um quase prateado espelho. E o tio foi logo entrando, sem soletrar o nome, o estabelecimento de mesinhas quase juntas e comprido balcão onde se achavam, cheios de gestos, conversadores, uns vaqueiros e, visíveis na farda amarela, dois meganhas.

Algum tempo se passou antes que se recompusesse dos pêlos da Mulher Barbada atorados na mão, ali quieto em seu canto, o chapéu sobre o balcão, bicando a Campos Altos, miudinho, o jeito econômico de nosso tio, respeitoso.

Primeiro os meganhas perguntaram a Rosenente se tomava, ao que nosso tio, já no embalo bom de sua segunda Campos Altos, frisou, de viva voz, excitado, interlocutor — "No sossego, mas tomo". "E toma muito, viageiro?" — perguntou o Meganha Alto, ao que o tio respondeu — "Muito, não. O suficiente". E ante resposta, ainda que risonha, muito firme, ao modo decidido de Rosenalvo, embora assim, conversador, o Meganha Meio Gordo, que com o outro fazia dupla, pôs no tio dois olhos de cobra — por cima deles ondulou, quase junto, um par de sobrancelhas, mandorovás maduros. "O que o capiau entende por suficiente?" "O que não é de vossa conta" — estendeu logo e desmudou Rosevaldo, afastando o copo que o Meganha Alto, de propósito, provocador, já levava, na desfeita, para junto da boca de nosso tio, que acertou no copo, supremo desaforo, uma gusparada. Não foi preciso mais para que, juntos, o Meganha Alto e o Meio Gordo se lançassem ao pescoço de Roseno, imobilizando-lhe a força dos braços e as mãos. Aquilo ali era a ariranha, corcoveante, coiceiro e com uma mordida de dentes capaz de arrancar pedaço, o que, livrando braços e mãos, intentou o tio arrancar das costas do Meganha Meio Gordo, não o tirasse de cima o Meganha Alto, a socos e pontapés, apertando, de meu tio, o pescoço, com a tenaz dos dedos, estrangulador. Rebostejaram no chão os dois meganhas e Rosevivo, o povo abrindo clareira, se rindo e deixando brigar que ali não se apartava peleja de homem.

Mal se viu quando, jogado de cara no chão, a covardia de dois contra um, rastejante, Rosezento, nosso tio, alcançou com a mão o pé de uma cadeira e, poderoso de braço, conseguiu erguê-la e socar com o encosto dela o queixo do Meganha Meio Gordo que, se abaixando, já vinha em socorro do parceiro grudado em Rosenaro feito fosse uma aranha. Tombou de costas o Meio Gordo, meio morto, estrebuchado, enquanto ágil um gato, Rosenano, de lábio ferido e nariz quebrado, deteve o fuinha do Meganha Alto e lhe cravou na tesa nuca o denteado dos dentes, fera. A lancinante dor foi ouvida bem adiante de Araré e Andradisina, garante quem assistiu, aos urras e êias, botando aposta, a soberba vitória de Roseante, que, por muito tempo, viveu nos causos e nas lendas, macho entrevero, recontado, de nosso tio indefeso contra os desmandos de dez meganhas — uns altos, outros meio gordos, como se passou a exagerar, e propagou, de conto em conto, de boca em boca, do Guaíra às barrancas do Paranapanema, ainda antes de treze de março de mil novecentos e quarenta e nove, quando nasci, mas já depois daquela Guerra que movimentou o Itacoatiara e desde onde, de dentro dela, Roseval, nosso tio, ficou além que o lume.

Comprido entrecéu, este, o terceiro desta história a cavalo, desapeada agora, quando pedestre e bem cambaio, Roseno andeje, de curativo na testa e esparadrapo no naso, uns entretenimentos mais leves. E logo enxerga, imponente na parte mais central de Araré, as cores e as listras do Gran Circo Trianon, seus trapezistas, acrobatas, a ilusão de suas estórias e dramas. O ingresso no dente, o chapéu na mão, assim foi que Roserrindo entrou, pisando o macio cepilho e ouvindo acordar no coração os pratos e estrépitos da bandinha. E ali foi que, pela primeira vez desde o Paraná e suas águas, sentiu mexer dentro as saudades do Guairá infindo. Mas se pôs na arquibancada do circo, meio que escondido, driblando com o chapéu desabado no rosto um que outro conhecido, misturado à indiarada. De novo, no praticável sobre o picadeiro, pensou sonhasse — mexia-se nele um homem gordo, meio triste, e um outro bem pequeno. Completamente a pé, nosso tio fez outra viagem.

O homem gordo e com barba por fazer, sentado à mesinha, tinha o olhar perdido e olhava ao longe como se não olhasse para nada. Sobre a mesinha, forrada de plástico quadriculado em vermelho e branco, o revólver do homem gordo repousava como um trunfo, um revólver niquelado parecendo um revólver de brinquedo. Mas os olhos do homem gordo eram tão distantes e alheados, que o revólver, ali, representava nem ser dele, tamanho o sentido de ausência que o homem sustentava no olhar, o queixo redondo e alto, a papada do pescoço esticada. Atrás do homem gordo, sem que ele sequer pressentisse, um senhor pequeno e meio velhusco, de bigodinho, escondia-se debaixo de outra mesa igualzinha à do homem gordo, no perfeito cenário de um bar, e escondendo-se com dificuldade, sob a mesa excessivamente baixa, entre cadeiras de pernas bambas, quase sem poder mexer-se, atrapalhava-se, o velhusco, a comprida espingarda com a qual se esforçava, no exíguo espaço que lhe limitava consideravelmente os movimentos, mirar com ela, com a espingarda de cano muito fino, direto a nuca do homem gordo.

Foi um susto — apesar do sem jeito para arranjar-se debaixo da mesa, entre as pernas das cadeiras, o velhusco de bigodinho puxou o gatilho e bum, bum, bum, três tiros certeiros derrubaram o homem gordo que ainda se segurou de modo dramático na mesinha que virou com ele ao chão. Saindo rapidamente debaixo da outra mesa, o velhusco atrapalhou-se de novo, derrubou uma das cadeiras e, já em pé, sem esforço, aproximou-se do homem gordo estirado no assoalho, e encostando o cano da espingarda bem no meio da testa dele, entre os olhos, atirou de novo — bum, bum, bum — mais três tiros, e como saísse muita fumaça, o velhusco, de um modo cínico, assoprou na boca do cano da espingarda como faziam os pistoleiros da infância de tio Rosaro, chegados da Guerra, a raiva de cobra, ergueu as sobrancelhas franzidas, e chutando ainda com um dos pés o corpo balofo no chão, retirou-se, arrastando atrás de si a espingarda pela alça. A platéia ficou por alguns minutos como que em suspensão — nenhum som, nenhum ruído no circo lotado, só o barulho da espingarda sendo arrastada e as pisadas com que, de botas, o velhusco de bigodinho pisava as rangentes tábuas do palco, largo e desmontável elevado de madeira, bem no centro do picadeiro.

Alguns expectadores, mais exaltados, já xingavam o velhusco e vociferavam alto contra a sua covardia, quando, para espanto geral, e o ah em uníssono que fez o público, o homem gordo começou a mexer-se lentamente, primeiro uma das mãos, a seguir o braço desconjuntado à altura do ombro e depois as pernas, e, levantando-se, gemente e gordo, o homem gordo não conseguiu contudo sustentar-se sentado e, em nova queda, ofegante se arrastou em direção ao proscênio e quase junto da escadinha do elevado que servia de palco, de cara com a platéia atônita, os olhos esbugalhados, isso viu nosso tio, com o verdoengo dos olhos, ainda fez um último e desesperado esforço de sobrevivência, mas, não resistindo, pendeu a cabeça de lado no primeiro degrau, soltou demorado suspiro e um dos braços, balançando entre o degrau de cima e o de baixo, assim a esmo, tombou, a mão em sangue virada para fora. Dos bastidores, só se ouvia a voz do velhusco esganiçando que o gordo era um fraco, um covarde e merecia morrer, e também quem dele comprava as dores. Autômato, Rosevero mexeu, quase sem sentir, na altura do cinto, ali onde pelas viagens carregava a prateada. Mas logo aquietou-se, lembrando os meganhas e o descalabro.

Aquilo foi excessivo — dois ou três homens da platéia, se sentindo atingidos, saltaram ao palco e correndo aos bastidores no estreito espaço entre a pequena orquestra que separava palco e coxia, empreenderam a caça ao velhusco de bigodinho que, esbaforido e muito assustado, trançava entre a tuba e os pratos, os violinos e os violoncelos, magro e arisco, escapulindo-se, foragido. Detidos pelos músicos, os três homens já se encaminhavam para verificar em que estado ficara o homem gordo quando este, levantando-se do chão, como nada houvesse acontecido, bateu o pó das calças e limpando o sangue das mãos num lenço como quem acabou de lavá-las, desceu calmamente a escadinha, contornou o picadeiro e sumiu pelos fundos do circo. Só se ouviu ecoar, da geral às cadeiras numeradas, puxado pelos homens que se insurgiram contra o velhusco de bigodinho, um coro a dezenas de vozes, capiaus e bugres, caboclos e guaranis, e até a ciganada que no Trianon acabava entrando de graça — "Marmelada! Marmelada! Marmelada!". Aquilo era a Araré, ninguém deixasse de crer, e nosso tio, meio murcho, só olhava de banda e de lado.

A peça que ainda continuaria com o justiçamento do velhusco de bigodinho por um pelotão de fuzilamento não pôde mais ser encenada. Os ânimos estavam mesmo exaltados. O palco foi desmontado e os palhaços entraram ao picadeiro cuspindo fogo, dando cambalhotas ao som dos pratos da bateria feito fosse, do trapézio, um salto mortal, rindo alto, gritando em sotaque gringo, se atropelando e soltando pum.

Desguiou Roselário, cansado das lidas do dia, atalhos e becos de Araré, escuros, de volta ao Hotel Ivaí, no terceiro entrecéu, ainda inconcluso, desta lenda soprada pelo vento.

Transeunte a pé, nosso tio estira, já longe os anões e os bobos, os palhaços e o festim dos momos, e, todo desse jeito, viandante, caminheiro, aperta dentro nova saudade, desta vez saudade fácil de apaziguar — a do trote macio do zaino, nosso Brioso, o cheiro até, dele, cavalinho pomposo e cumpridor. E, deste modo assim, ao léu dessa história vaga, desiste do Ivaí e pega Rosenéves a direção do Cercado Cardeal, ali onde pastando o melhor mimoso, o saino acalma e sossega debaixo do céu, o sempre céu de Araré, assim de estrelas. Lembrando os meganhas, bem que nosso tio recordou também a prateada, mas ia com ele uma oração trançada em patuá e depois tinha que era homem vindo da Guerra e já indo para ela, só com um trabuco na mão. Honrasse o destino a sua coragem.

Isto até ver, menos de cem metros do Cardeal, lá onde solto e feliz, nu de arreamento, nosso cavalo passeia, ninguém menos do que o velhusco do circo. "Quem vem lá?" — fez alto o quase-anão, de novo a espingarda engatilhada, e o olhar de facínora. "Aqui, Roseno, seu criado. Estou indo no cercado pegar minha montaria" — falou respeitador das regras, nosso tio. E se o assombração fosse meganha? — pensou antes, duas vezes, Rosenalvo, de modo a não cair em nova armadilha. Tateou o tio, debaixo da noite, o mistério daquela encruza, arruados de Araré, suas lendas. "Vem de paz ou vem do circo?" — perguntou, ritmando com o trabuco, o velhusco. Será que trêmulo? — imaginou Rosevago. Meganha algum — continuou imaginando, e mentiu — "Venho de paz, nem sei de que circo o senhor fala". "Então passe, homem. Passe." E passou pelo ruindade, Roserruivo, só neste momento dando conta de que, intacto no transparente bolso da camisa, continuava levando o bronze. Que o pantomimo armado também parece não via, tremelicando, o cabelo-em-pé, e com o cano da espingarda nas costas empurrando em pressa, que passasse. Sobre os curativos na cara sequer perguntou o velhustro velho, e nosso tio não fez a menor questão de expô-los. Dissimulado, Rosenalvo dobrou a esquina, arisco, fingidor. Meu Deus, que de corcoveios, o tio em Araré, no findo terceiro entrecéu dessa temporada. Nem capação de galo nem sanfona, nem mais que um dia em Araré nem nada — é montar no zaino, passar na Arnilda, pegar os troços no Ivaí e romper, mal entreclara a noite, na zoada do vento.

Saída de Araré, o primeiro sol dando na voante crina do Zaino, ouro mel, barro fulgor, o tio estacou nas rédeas o fogueado; valente, bandoleiro o tio de ordinário tão religioso. À beira da estrada, esta estrada que vai dar no Paranapanema, se a gente consegue vencer o bramante Ivaí, mesmo no trecho a nado, e mais que ele, o sinistro do Itaivaté cheio de ponta, à beira da estrada a índia velha já dispunha sobre a polvadeira do chão seu tapete — camisas-de-punho, anágua de mulher, saia rodada, chapéu, sortimento de couro, pedraria. Mas o que Rosenalvo queria mesmo era um alforje novo, nem que fosse de preço, mais ainda ao sentir que o volume da changa no bolso da camisa outra vez relou dele a pele do mamilo. Apeando-se, ligeiro, o nosso tio, magro agachou-se para melhor examinar o que a velha mercadejava. E os verdes olhos de Rosenaves deram, comovidos, com um mínimo par de meia — meia de gurisa, pela cor — o mais rosa cor de rosa deslavado em rosa, sem-vergonho, e tiquito, tiquititico um tico, o parzinho de meia, um cisco, trançado em tricô. Pelos verdes fechados dos olhos de nosso tio deu para ver, das orelhas à boca, por toda a precoce ruga da face, insinuante, transluz à cara erguida de nosso tio, logo pai, a mais risonha alegria. Nem perguntou quanto custava o mimo que num papel colorido a índia velha embrulhou, grave, esquiza, enfezada. Vontade teve de comprar mais, um tudo; porém, de infância, era só aquilozinho ali que a índia tinha. Enfezada, reolhou, dissimulada, o tio, e a alegria dele teve medo do destino. Junto com o novo alforje que a velha lhe estendeu, matolão de couro de cabra, com muito espaço de guardar, ainda cheirando a cru, era como se por nosso tio o escombro de uma sombra passasse, añaretã, añaretãmeguá, passasse, a sombra, e ruísse. Doroí, Andradazil, Ribeirão do Pinhal. O bronze a velha contou, nota por nota, capciosa, mas é o gosto da guerra que às vezes a boca azeda. A índia sustentava um franzido sobrecenho: "Dize temprano a la niña que no guarde miedo a los vientos. El îvîtú, senhor, el îvîtú...". "Que vento, índia? Que vento?" Ocupada com distribuir os troços sobre o tapete, foi aí que ela olhou direto no fundo verde dos olhos de nosso tio, aguda, punhal, e mais não disse, por tudo o que o tio reperguntasse, insistente, escabroso — "Que vento, índia? Que vento?".

Remontado ao saino, rabioso, Rosesíris jogou o alforje ao ombro, vistosos bornais — num deles, embrulhada, a meiazinha de cor —, e cutucou nosso cavalo, para o que desde sempre já sabia — por uma légua, fosse, sem respiro nem descanso, tropel, asas nos cascos, a favor ou no contrário do vento. E que, de qualquer modo, Deus nos livre e guarde do añaretã, do añaretãmeguá assim de foices!

Também o céu é como a guerra, seu trânsito — de pacífico vai a raivoso, devagar, ao modo do vento, que de simples brisa pode que logo enfureça, furacão medonho, pelas estradas por onde cavalga tio Roseno, e ventaneja. Este que é o quarto céu desta história — um céu que passa de limpo e alto ao embaço cinza dos toantes trovões, e já vai pretejando o horizonte faiscado de raios, relampejar sinistro, o jeito como Rosevilvo, nosso tio, masca fumo e, ao embalo de Brioso, de sua sela e gozo, cospe, com força, de lado e para trás, cospe a gosma marrom do bom tabaco de Araré. Será que chove? Será que chove? Se pergunta, miudinho, o arumará que parece o acompanha, de árvore em árvore, e destas ao leito da estrada, em vôos curtos e rasantes, atrás de Brioso, pererecando na bosta mole do zaino, catando bichim.

Mas nem tudo é assim tão de repente — primeiro, o abafo do nenhum vento foi virando brisal, úmido olor a capim-cidreira, açucena, e nuvens vindas de longe se arrumaram juntas, aglutinadas, e logo, a sol coberto, o céu foi tornado em noite, uma noite assim de fustigada ventania que assustava Brioso e em fúria louca levantava, a sopro forte, as folhas do chão. Depois, as primeiras gotas — gordas, gulosas caindo sobre a poeira da estrada, cavalo e cavaleiro sorvendo fundo o cheiro de terra, que a tudo comove, embriagador. Do céu, todo o impropério — riscos de raio, a zoada do trovão, ribombando como se estrebuchasse a barrigada do universo. Noite, ao meio da tarde brumosa; e só então é que a chuva começa a cair — a princípio chicoteia, mas logo desaba sobre todo Vale do Piraretã, bem antes do Paranapanema, as águas de meu Deus. E chove, e chove.

A véstia de couro, o chapelão, agora Rosevalvo, nosso tio, tem pressa, e desafia a tormenta, lavado das chuvas do céu, do quarto céu desta história a cavalo, nosso tio Roseneno, úmido necessitado de estar daqui a vinte léguas, no Ribeirão do Pinhal. Não importa que a chuva lhe encharque os ossos nem que o zaino negue o fogo de seus cascos, cavalinho cioso e sabedor dos perigos da tempestade, o que Roseno, meu tio, precisa, é ir a Andradazil, aos seus contos das sete chaves, capadeiro de galo e peleador, Rosimênio é o pai mais desgraçadamente feliz deste mundo, sob a água que não pede licença e jorra aos jorros sobre o Vale do Piraretã até a outra margem dos largos do Ivaí, brumosa, feito a morte e o ranger dos gritos dos inimigos empalados vivos ou passados ao fio da espada na Guerra do Itacoatiara.

Índios contra vaqueiros, peões contra fazendeiros, o povo contra a polícia, sitiantes e invasores, na Guerra do Paranavaí. Andradazil de generala — três divisas no ombro, e uma coroa do Santo Império, nesta que já era a Guerra do Paranavaí, nem queiram, ainda antes de março de mil novecentos e quarenta e nove, aquele tempo em que, não nascido, a gente era como que impassível no nada que nunca houve debaixo do céu. É que antes de nós o mundo não era e nem era a Guerra do Paranavaí. Esta, a Guerra, foi depois.

Ao revés da borrasca, segue Brioso, marchador, estremecendo por vezes a pelagem úmida, exalando suor e salitre, a relinchar manhoso a cada ameaço de emburrar para não seguir caminho, empacador. Bufando e soltando fumaça vai, porém, nosso zaino, carregando, pelas trilhas encharcadas, tio Roseno, de véstia de couro e grande chapéu, a barba moça e entranhada da chuva que desaba sobre a estrada que das ribeiras do Ivaí vai dar, longe, no Paranapanema, desde o trevoso céu. Posto que nascerá da barriga de Doroí, o primeiro filho, uma filha para ser mais certo, e que na vida de um homem não falhe nunca a fé na paciente semente. Ao revés da borrasca, Brioso, o zaino — olhos de chuva e água, cabresto e estribo, espora e barrigada, o rabicho-arreio humilhado, ao trote e a contrapelo marcha, o zaino que leva tio Roseno para muito, muito longe, bem para lá do Ribeirão do Pinhal. Andradazil. Andradazil. Andradazil. Foi um tempo tão sem existência, de tantas e tamanhas ficções que nem era ainda o treze de março de mil novecentos e quarenta e nove e nem ainda a gente sabia que um dia a gente vai morrer. Andradazil. Andradazil. Andradazil.

Agora vamos pois ao quarto entrecéu desta fábula rasa, ainda encharcados das chuvas daqueles páramos por onde cavalgou Roselauro, nosso tio, e sentindo um frio que é até nos ossos. Em janeiro às vezes acontece. São os ermos e os descampados. Sopra um vento que a meninice de nosso tio chamava o caduco aliseu, o îvîturo'î, blasfemo rondando as margens do Paraná e que, mesmo a pleno verão, conforme a direção em que tenha dado a chuva, sobretudo de manhãzinha endurece na rédea os dedos das mãos. Bufante, feito tivesse geado, debaixo do azul do céu, vai nosso cavalinho, vertendo fumaça do naso. Arrepiada, na constância do frio, a paisagem parece se aquece ao sol de brinquedo. Ah, o îvîturo'î, e o rugido dele, îvîtupîambú, o îvîtupí, vento, vento, o îvîtú, soprando no mais aceso da infância de Rosenino, nosso tio, o alisado, este mesmo alísio, de feição, desde o movediço fundo del Guairá, antes de mil novecentos e quarenta e três, e muitíssimo antes de mil novecentos e quarenta e nove, quando nasci e o meu tio era vivo. A winchester de matar índio e o dente de ouro é que eram o maior sonho do tio, sendo moleque, e as expedições à espessa floresta margeada de cascatas, as quedas e os rumorejos, as sete quedas do Guairá, anda anda cavalinho bom, vai lá pelo vento antigo buscar minha namorada; a voz do Avô brotando da garganta, a Avó, o grande rio roncando noite e dia, dia e noite, passando a passar, os guaranis e os paraguayos, o olhar cismento de Celestina, ah nem queiram o que o tempo põe de saudade no coração de um homem! A oeste do oeste, o vento oeste, aquele îvîtucuarahîsêhacotîguá silvando na cara.

As lembranças, para nosso tio a cavalo, no quarto entrecéu dessa lenda de viés, são como guardar dentro, intocado, o orvalho. Paciencioso e pasmo, Rosevéu as mima com doçuras e presságios, lustres e prodígios. As de Anamá Porã, a indinha filha do bugro Avevó, cuñataî em seu tórax de homem, cuñataî, a palma da mão dela como é que sobre a pele fica, e se demora, ou a memória de antes do antes do mil novecentos e quarenta e três, outras lembranças, os acesos calientes do Itacoatiara, seus exércitos de velhos e de crianças, o aliseu e os alísios, o îvîtú constante soprando bala e obus. As lembranças são assim nem que um recuerdo de desusada serventia, a casinha de taipa da Avó índia, de pai alamão, escondedouros embrenhados para além dos confins do Guairá. Rosenino não esquece, ao trote do zaino contra o azul, e o frio alísio, não esquece Rosenino, rumo a toda a Andradazil, dez léguas antes do Ribeirão do Pinhal, não esquece, nosso tio — mãe nem pai não tinha, perdidos para o desaforo e as brenhas, a mortificação da guerra, seus empalados vivos, e o duro combate dos heróis. Rosenunes nasceu com a ventania, ouvindo o vozeio atrapalhado da língua paraguaya, seu mais clamante guarani; brigando, menino, de garrucha amarrada no braço feito o braço cuspisse o polvaréu que já pipoca e dedilha a poeira do chão; fazendo lança do galho do caraná, a ponta envenenada com o jequitiri cozido no ungüento da dedaleira, mortal, curare, e brincando de canoeiro igual o índio que não era. Insistir nelas, nas lembranças, momandu'á cativo dos existidos de antes, é o jeito e a pressa a pé de nosso tio a cavalo.

Muita gente até hoje pergunta onde é que nasceu o tio

se sabedor destrincha a arenga paraguaya e cioso cavalga dentro o guarani feito fosse a sua pátria, e temos que Rosemundo como que nasceu em todos os lugares — foi menino marceneiro pelo Itararé afora, atravessador de balsa nos remansos do Piquiri, guia de cego em Marília, amansador de cavalo xucro ao sopé da Amambaí e, desde rapaz, o mais falado capador de galo do San del Guairá, a fama correndo além de Pedro Juan Caballero, sendo de berço, contudo, nativo do Pinhal e tendo a margem paranaense do Paranapanema na palma da mão igual que a última morada. Mas foi do Guairá em diante que se deu Roselário, infância e medo, debaixo da cama a coral. Mboichumbé, a coral pequena. Mboichumbémichi. É um tio ereto, este tio, e anda por estes ermos, os ermos que agora anda, a cavalo, verde verde o capinal sozinho, no quarto entrecéu dessa fábula folhagem, rumo do Ribeirão do Pinhal, nosso tio e sua valente montaria. Ainda longo o entrecho, muitas léguas pela estradinha de terra que lisa se estende, uma só linha daqui até o horizonte, céu com céu, o longínquo verde da mata fechada que, verdes, os olhos do tio refletem. Ñe'ê.

Entrecéu, como se ouvirá, feito de aérea lembrança, sua teia e véu, seus racontos revolvidos nas noites pânicas — funâmbulos uns, mais que os acrobatas da Feirinha de Araré; intensos, outros, construídos somente com o que a cisma faz de volta e delicada retraz — ao trote escorreito de nosso cavalinho, feliz de andar o Além-Ivaí — a flor da saudade mais imensa. É de saudades que nosso tio vive, caminho do Ribeirão do Pinhal. Na sanfona, pudesse, tocaria, dolente, uma valsa de amor. Beberica alguma do cantil, a Campos Altos, contra, do frio, a navalha, ao vento ponteiro deste início de manhã, Rosenudo e seu cavalo, quarenta léguas já desde o maizal do Guairá. Nimbí, reluz, verá, nimbí, yayál, o caminho a basalto, piedra-hierro, por onde trota agora, sob o quarto entrecéu dessa lenda ao desfolhar do vento, nosso tio, Brioso, o zaino, e a memória inventada desde muito antes do mil novecentos e quarenta três, os fulgores de Rosenino, nimbí, yayál, precoce derrubando, pelos treze anos, ao cuspir da arabóia, o primeiro inimigo. Mas era de paz o nosso tio, e religioso; ajudante de missa na Juvenália e preparador de quermesse em Jaguapitã.

Leve andar o Além-Ivaí, o basalto estridulando debaixo dos cascos, retas constantes — só um desfiladeiro, o Itaivaté, mais à frente —, sem descanso nem paragem, igual que um pensamento, voante, solto no mundo, brisal, a aragem agora do meio-dia, o friozinho dando lugar ao calor da tarde, as cigarras se assanhando nas aroeiras, o espumo ainda das águas do Ivaí, pela travessia. O Vale todo do Ivaí andar no balanço do saino, seus meandros, cachoeiras, a do Vespal, a lembrança comove meu tio, pois de Doroí, a Vespal, toda de branco, aquela primeira vez. Delícia, cavalgadura, com nosso tio seguir o vale inteiro, as fechadas negras florestas, as trilhas de Deus pelo caminho, seus precipícios e, ao chão da terra, o rumoroso, o coleante e sempre rio corre, serpenteia, alaga e desafunda em mar que de inopino espraia suas barrentas águas, larga e cantante euforia, justo onde Rosezalvo atravessou, no janeiro dos temporais que caem sem aviso, a custo e a nado, o tio, agarrado ao alto pescoço de nosso marchador, ainda assim o trecho mais raso, o pedreiral do Ivaí minado de cactos. Guarda mais Rosecido, nosso tio, guarda entre as desacordadas lembranças, além que a velhez das águas do Ivaí, na cova da mão guarda a úmida tapîpí, aquela Anamá — doze anos não tinha, porã, porã, a mbyá de alvoroçada penugem, ardente fosse a brasa, ao arrepio do primeiro entrecéu dessa história visagem.

A guerra é a mais medonha arte de morrer, seu engenho ruim. Andradazil. Andradazil. Andradazil. A guerra é agrura e insensatez, desamor e sangue à deriva. Não tem alegria na guerra porque não pode haver alegria nos desarranjos da morte, seus cansaços. Andradazil. Andradazil. A trama da morte, o cipoal do medo — trenzados à sombra do coração, isso o nosso tio se diz e rediz, neste Além-Ivaí de cascalho e basalto, a cerejeira-do-rio-grande na orla das margens, sempre e sempre, ao trote do saino, de ambos os lados, nossa companhia. Andradazil. Andradazil. Andradazil. A tarde retoma o sol de antes das chuvas e do desregrado aliseu gelando os ossos, e pela estrada já vai aflito o zangarrear das cigarras. Andradazil. Andradazil. Andradazil. A guerra é a maior miséria. Igual que a guerra não há — o rancho em chamas, procurando pela mãe que não havia mais, vingança da guerra, o pai enfiado até o pescoço nos entreveros do Paranavaí, lenço-verde da primeira artilharia. Dos irmãos de Rosenésio, nosso tio, só minha mãe, no treze de março de mil novecentos e quarenta e nove, parindo ao meio-dia, no sertão do Jaguapitã, este que um dia ia contar toda a história. Dos outros irmãos de nosso tio, soltos no mundo, em exato número de seis, nem notícia — pode ser que vivos tocando boiada no Mato Grosso ou para sempre insepultos no fuzuê sangrento das batalhas. Sobrara a Avó índia, filha de pai alamão, que ensinou a Rosenií' irû o ornato a estilete e flor do guarani. O Avô era só um retratinho que a Avó guardava dentro da Bíblia, e que tinha sido um dia a voz que quase não lembra. A guerra dói no coração do lembrador, sua rajada de balas. Ñe'ê. Andradazil. Andradazil. Andradazil. A guerra. Há a guerra, não há? É o que mais pergunta e insistente não se responde, nosso tio, marcha briosa do Zaino, ao quarto entrecéu dessa fábula tropeira, cercania de Aramirtes, três léguas além do Ivaí. Daqui a pouco, outro ritmo, outro trote, outro meneio, além que Andradazil, Andradazil, Andradazil, abismos e escarpas, o desfiladeiro rumo ao Pinhal, o Itaivaté, aquele tempo, antes que tudo se perdesse na solidão. A guerra é a maior miséria. O Pinhal. O Ivaí. O Guairá. Caminhos transtornos, rascantes os cascos na pedraria, pior que o Itaivaté não há nem haverá, a medonha travessia. O Ivaí no temporal não é mais perigoso. Ãngava'y. Chispas, cortantes, cascos — uma exasperação, sobremodo, a descida do Itaivaté. Entendia Rosenante, nosso tio, que depois de colocar um cavalo a prumo, no alto cume do Itaivaté rente ao céu, um homem tinha que pagar em coragem e tino a escarpada descida do desfiladeiro crivado de pontas. Ãngava'y. Um homem e seu cavalo na agulha do Itaivaté roçava com a mão o azul e dono ficava da existência, seus largos, seus sucintos. Relisa pedra em ocre estilhaço, cascos, bufos, o tio se agarra ao cavalo feito fosse um só corpo na paisagem, o saino e o tio, o tio e o saino, meio-dia para tarde, a caprina andadura de nossa montaria descendo a descida do Itaivaté — asperezas, relinchos, o ventre da varejeira. Lampejo de pedra e sombra, estreitos, acuados, os cardos brotando da rocha, entre-fendas, prodígio de espinho eriçado de flor, a recalcitrante descida do Itaivaté, granito e ferro, galho e mato, urtiga, o Itaivaté a descoberto. Entre a trilha e o precipício, experimentador, temeroso, o céu é que desce para que Brioso alcance logo o lhano encanto do quarto entrecéu desse cuento lleno — desgarrada planície, extensas, as araucárias, impávidas, daqui até o Pinhal. E nem são muitas léguas, mais é o que recuentam as lembranças catadas uma a uma do chão. Heguã. Heguã. Heguã. Necessário às vezes que um homem proteja o corpo, os dois braços juntos em cima do coração.

Ao tropel desta fábula guerreira, deu-se o uivo que trespassou do Guairá ao Pinhal, nosso espinhoso périplo — estripada, a mãe, na frente da criançada e as paredes do rancho crivadas de bala. O povo do Parnanguara, diz que era, em aliança com os homens do latifúndio. A fuga para a mata arrastando os menores; os que ali mesmo sumiram para o mundo, nunca mais, os de Deus — Cida e Quizeu, Junílio e Vandreide, aonde é que andam se andam ainda o espinho? De novo a planura. Andradazil. Andradazil. Andradazil. Os desabridos e descobertos de nosso quarto entrecéu a cavalo. Coleando as margens das trilhas, espesso às vezes capaz de fechar o caminho, cheire-se o cheiro bom desta cavalgada — o cheiro do capim limão, profuso, palma, em touceirais sem fim quase como daqui ao Pinhal. A gradação do perfume na escala do vento, e o nosso tio, do alto do Brioso, ergue o queixo, e como se dele fosse toda a paisagem, remira em torno, sobranceiro, a alta cabeça aspirando fundo os aromas da tarde que já de longe conversa com a noitinha. Bastou o chilreio das rolinhas, fartas, conversadeiras, bicando-se, cagando, chuviscando de branco inteira a árvore do ipê, para dizer a Rosesino, nosso tio, que horas aquelas horas do dia.

Igual que a guerra não há — o rancho reduzido a carvão que a leve fumaça exala, pedaço empretecido de terra, as árvores em torno, retortas, escuras, quando Rosenino voltou era para nunca haver voltado, e nem queira alguém haver nascido, aquele tempo, ainda antes do mil novecentos e quarenta e três, nosso tio e o Itacoatiara.

O guri, Rosenino, que ainda nem era nosso tio, vai fazer doze anos mas de garrucha na mão e prateada no cinturame, palita os dentes com ferpa de pau, puxa fundo o palheiro e, na estrada para Lisalva, ao tempo das Sete Quedas, três léguas além que o Guairá, rumo da Avó, montado em seu cavalo, se faz homem. Na garupa, agarrado a Roseno Rodrigues de Oliveira, feito a cria do tamanduazim, Lindauro e Laríope vão no mano enganchados.

Com fome, choramingosas, as crianças comeram inhambu no braseiro — caçado pela espingardinha de Rosenico, nosso tio menino, já então fugindo das cruezas daquela guerra que igual nunca haverá, e fugindo mais, fugindo do inimigo. Muito tempo depois é que, no enfrentamento, sujará deles, de sangue, a cara. O entrevero é deste modo e jeito — o temblar das coisas, ñembotarová, o trevar das noites, ñembotarová, turvo, ñembotarová, o barrigame rasgado pela estaca, ao sol do dia, foices, ñembotarová, e os mortos assassinados, de novo a segunda vez, a bordoadas e pontapés, fora a honra deles para sempre perdida. Ñembotarová. Ñe'ê.

Do Guairá ao Pinhal, do Paraná ao Paranapanema, Ivaí acima, começou então a fazer-se o que hoje é a fama de Rosenares, nosso tio — sanfoneiro e capador de galo. Mas foi pela guerra, agravos e meliâncias, tramas e rudezas que os nomes de nosso tio andaram, atrevidos, mundo afora, e foram pelo Itararé tristonho, pelas brenhas e socavões de Aramirtes, Sangrés e Mirandópolis, e grandes desdobros, dobras, dos nomes de nosso tio, evolaram, cuento índio, troça cabocla, espiral, novela, e seguiram os nomes pela guerra toda atravessando seu chuvaréu de bala. Ñe'ê.

De exemplo, o mais mistério — aquela noite, com a Avó, bebendo o chá da manzanilla coado na folha do aruá-do-brejo. Foi assim, de modo aprazado, e na lua certa, que Roseninho contou, nos dedos das mãos, a chegada devagar das horas e, dentro delas, a espera, que afligiu nosso tio dias e dias. Tudo a seu tempo — a Avó murmurejava, índia, os incensos da noite paraguaya. Correr ao coração da mata, a cuia fervente nas mãos, sem derramar uma só gota do ouro-mel de sua espessa água; fumegante, o olor, não esquece, quase vivo. Manzanilla fervida ao cipó macerado do ariríí que — dizia a Avó, pelos índios — guarda o sonho dentro como se em cada fibra. O que dizer do aroma da folha da manzanilla, tanto tempo depois, reconhece nosso tio, ao trote do quarto entrecéu dessa lenda sidérea, o floral da manzanilla, oleante, madeiro? No meio da mata a Avó lhe ensinava os anúncios — aqui o cicio da água, chororó, chororó, acordando desde o fundo o sono dos peixes; ali o luminescente lagarto, teyú, desdobrando em leque o multicor da cauda, entre as folhas, os olhos de vidro, pequeno diabo; acolá o ar aprisionado no bambu tocando a sua música — mba'epú. A Avó, nunca soube nosso tio por que, instruía Rosenovo, naqueles idos ainda antes do mil novecentos e quarenta e três, a que agarrasse na ponta dos dedos o pirilampo sem apagar dele o intermitente fulgor. Pirilampos-estrela, relembra Roseno, que ele ao menos uma vez esmigalhou entre os dedos para testemunhar, quem sabe, um pequeno milagre. Mba'esporomondîihá, engrolava, pitando o cachimbo, bem velha, e bruxa, a Avó índia do tio, bisavó nossa já em germe, mamaguasú, o ovo, a bisavó, a avó de nossa mãe, mamaguasú, o tio no ticavacuá do tempo. Cuñambayé. Ñe'ê.

Não se considere isso aí, contudo, no entardecer do quarto entrecéu dessa história etérea, ao trote matreiro do saino, só o prazer do encanto. Havia ali mais que feitiçaria, havia já o medo e a mais sinistra solidão. A Avó pensava para Roselindo noiva-de-véu para casar, a mais bugra, a mais limpa e a mais radiosa, e lhe sonhava penachos no corpo magro. Índio não era, nosso tio, ainda que pelo verde dos seus olhos toda floresta passasse, se benzia Rosenanes, sinal-da-cruz, o chapéu na testa.

Já se disse deste entrecéu as lembranças que são do Itacoatiara. Um dia há de se ver o que a Avó faz pelo nosso tio menino, cruzando-o de santos, fervendo em caldo lento escorpiões vivos e crivando de agulhas a muñeca guarani enterrada na curva do rio. Aquele tempo era o antes do mil novecentos e quarenta e três, a infância de nosso tio perfeitamente marcada para morrer, a sol a pino, já se disse, os doze anos de Rosenito, cuspindo, da winchester, bala de matar homem.

Doroí foi bem depois, o que de amor!

Nunca houve — do Guairá ao ouro-barro das barranceiras do Paranapanema — bugra com olhos de tal esquiza cor — azuis acesos na cara selvagem. E saiba quem nos entenda, foi amor de primeira vista e triunfo — os olhos nos olhos dela, igual que mergulhasse no azul, sem volta nem recomeço, irremediáveis, vá lá alguém entender o coração de um homem. Nem lenda nem raconto, nos ermos do Piquiri, suas brenhas, do Pinhal ao Guairá, nos derruídos da guerra, de toda guerra do Paranavaí, a história estava desde sempre inventada — uma história de amor como não existe mais.

Nosso tio já tinha andado toda Marília puxando o cego Itelvino com quem aprendeu a sanfona; pelas balsas do murmurante Piquiri, seus remansos, tropas e bois, balseiro de maior; sem falar das marcenarias no Itararé tristonho, ofício duro e de boa arte onde chegou a fazer aplique para móvel ornado de ramo e flor, mas foi sobremaneira na capação de galo e no amansamento dos xucros ao sopé da Amambaí que Rosemante fez nomeada, e soube dela, de Doroí, a primeira vez.

O resto todo foi a guerra, trota agora, chapada adiante, Brioso, nossa montaria, no quarto entrecéu dessa fábula memoriosa, como memoriosos são os rios que a percorrem, remotos, a esta fábula de nosso tio Rosenâmbulo, a cavalo, margeando as araucárias e nelas, profusos, insistentes, todo o dia, os passarinhos. Mas foi a guerra, Doroí dentro atirando com as duas mãos um mundo de bala para todo lado, o chuviscal sem nome, a guerra e Doroí, o maior empecilho.

Difícil chegar ao fulgor dos olhos dela, recorda Roseno, as trêmulas lembranças. Mas não esquece jamais, o seu corpo, o triunfo, aquela vez a primeira vez na Vespal, o gelado enxurro da água, a carne de Doroí ardendo debaixo do pano, cheirando ao mato da serra, nas cascatas do Vespal, mais que se comeram, rasgaram-se, sem a vergonha, bichos, aos guinchos; gozo e unha, medonhos. Não há embate, por mais onço, que a água não lave. E como que ali sagrou-se o que, desde sempre, a história já contava — do amor o mais ferrenho amor, na paz ou no olho do entrevero, de Doroí e Roseno, nosso tio, largo tempo sobre a Terra, toda essa vida afora.

Quando a Avó sumiu para o entrevero, resmungando as índias palavras, guariní, ñorairõ, ñe'ê, diz que levando Lindauro e Laríope armados de faca até os dentes, tike' îrá, tike' îrá, nosso tio de Doroí já era inteiramente, a aliança de prata no dedo magro e rancho novo montado no Ribeirão do Pinhal. Cinqüenta léguas do Guairá, o último que ele soube da Avó, notícias que vêm no vento, de boca em boca, ao lombo das montarias, foi que para a guerra tinham sido requisitados os usos dela, da mamaguasú índia e beata — receitadora de ervas e exímia fazedora de ungüentos, além dos seus outros dons, como o de desvendar o que de ovo choca, ao sol do ninhal, a jararacambeva, o travo da víbora, mboi, mboichumbé, debaixo da cama, a cobra pequena, juntando-se num formigamento, mboichumbé, guizos, presságios, e por fim, não queiram, a morte espessa. Deus nos livre e guarde o caminho, não se deseje o futuro da guerra, nos vapores do aririí, sua fumaça. Nunca mais a Avó, de novo as saudades choram, e tramam — chiã, chiã, chororó.

Plena planura, mesmo assim, Rosevento nem pensa ir de asas ao lombo de Brioso, tão boa a aragem do dia ao quarto entrecéu dessa história lenta, e assim deixa-se levar para aonde nos conduza nosso cavalo, pela sempre estrada, boa marcha, pacienciosa, que chega lembrar outros céus e o esgarço matiz de entrecéus antigos. Que foi feito de Laríope, a caçula? Será que cozinhando carne de charque para a soldadarada, ou deitando-se com os capitães do Parnanguara, linda que era, e menina nova? Qual nada! Os sonhos é que por vezes sonham as coisas ruins. De certo, Laríope e a Avó, na companhia de Lindauro, estavam era construindo armadilha-de-caminho, atará no meio da trilha, imperceptível, o buraco disfarçado de folhas, moñuhã, moñuhã, ali onde caíam os inimigos, cavaleiro e cavalgadura, a maligna surpresa, retorcendo-se espetados no gume das lanças de taquara, uma morte horrível e cheia de sangue, a morte que mereciam os tenebras; se bem a pena que dava dos cavalinhos. Ah, que tempo este, meu Deus, penoso e triste. Fugindo, fugindo sempre do que na guerra é amargor e derrota, a carne da carne viva? Fugindo para onde? Aonde há fugir se a guerra é no mundo? Outra vez se pergunta, tristonho, o tio, ao suave embalo de nossa deleitosa montaria, as tronchas perguntas turvas, os presságios. O que há-de?

Primeiro foi só entrefrestas avistar o esplendor dela, nuda de senos duros, porã, porãitereí, lavando-se na bacia, atrás das árvores, porãité, o sabonete cheirando ao manacá selvagem, as folhazinhas da camarupi caindo secas na espuma ou sobre as costas de Doroí pequena, porãitevé. Menino moço o nosso tio, entanto, do cano da prateada, já cuspisse o fogo e a raiva. Os brasais daquelas margens reconduzem, ao macio da paisagem, sua tez. Tanto tempo, ah, as lembranças, difícil esquecer o velho Aquilão, desgrenhado sempre, como se tivesse acabado de levantar da cama, defendendo Doroí de todos os lados, prometendo-a, a mais linda, a mais porã, aos chefes da Itacoatiara, nossos inimigos. Só pelo prazer defunto, preciso foi destripar o velho, de não consentir que de Doroí fosse o já mortificado coração de Rosenuñez, depois de muita guerra ao sopé da Amambaí, nosso Guairá, ele que se gabava de nunca haver matado um homem, e agora levava, secreta do lado esquerdo, a infâmia. Um homem, um nome. Na guerra nenhum matava nenhum, era tudo o Paranavaí ou o Itacoatiara.

Para que lembrar se as lembranças retrazem o remordimiento feito fosse o açoite? As mãos sujas com o sangue de um homem nem sempre são a sua honra. De Doroí, aquele começo, o amor mais breu, amor de danação apesar de, a contra-senso, a cordura deste amor bugro retinto, misturando-se tudo num vento ruim, o ivituvaí. Três noites rolando no chão tomado pelo Demônio, Doroí fugida para os matos, dobrando-se em duas de sofrer os sofrimentos do pai mais toda a sangreira. E Roseno, nosso tio, trancado no rancho, querendo arrancar os olhos com as mãos. Lembrar não gosta o tio, mas los recuerdos acodem ao marasmo do trote manso com que vamos daqui ao Ribeirão do Pinhal, à margem das araucárias, pegar nas mãos Andradazil. E, de novo, raptar, de Aquilão, debaixo de sua desordenada grenha, de Doroí, nem fale, os seus melhores dons.

Só depois é que foi a Vespal, chuva branca, cachoeira, a cor da manhã, laranjal e sanhaço, o japu piando sozinho na alta rama, todo núpcias, o bico levantado contra o céu. O coração de nosso tio, persistente, sua teima e decoro, Doroí ao peito igual fosse a primeira vez, o gosto da água da serra, o sumo do capinal no vento, o visgo do limão bravo; e o mel. Que de tremor a tremura dela na palma de sua mão! Porenosé.

Laríope, Lindauro, Quizeu, Junílio, Vandreide, Cida, os nomes dos nomes afetos a Rosenalves no troar do vento, ao exangue quarto entrecéu dessa fábula anônima, cheios de nome os nomes aos nomes dados, Laríope, Lindauro, Quizeu, Junílio, Vandreide, só se soube, depois, de Cida, Maria Aparecida Rodrigues de Oliveira, parindo, ao calor abrasado de pontual meio-dia, cinco léguas pegado ao Jaguapitã, parindo, naquele treze de março de mil novecentos e quarenta e nove, uma criança peluda.

E o que se vê, nesta marcha agora, de novo são os ventos, ventos que andaram o mundo de Atena às minas de Salamão, soprando desde sempre, as asas de nosso cavalo, cortando os ouros e os zéfiros da chuviscagem do quinto céu dessa lenda neblina que aérea reconta as trilhas do Guairá ao Ribeirão do Pinhal. Andradazil. Andradazil. Andradazil.

Logo arrefece o vento, ainda que escuro todo o céu nebline no quinto céu dessa história antiga, e disponha, ainda insistência de céu, fraca e remota, através da névoa, uma lua cheia. Andradazil. Andradazil. Andradazil.

Da última vez foram eles, os índios, capturando Delfino e pondo o pobre dependurado, pelo pescoço, dizem, três dias, balançando sinistro da forquilha de um jequitibárosa, ouça-nos este e outros céus, antes que estoure, de ferro e fogo, a verdadeira Guerra do Paranavaí. Andradazil. Andradazil. Andradazil. Longe, a lua e o fantasma do velho dia. E não é que o céu se desmancha mesmo, depressa, volúpia de quinto céu? Chuvinha fina, chuviscagem. Andradazil. Andradazil. Depois, descendo o infeliz da árvore, o arrastaram, e seguiram arrastando-o, pelo centro da aldeia, em círculos, aos urros e êias, dançando a dança dos índios, ê, ôôô êee, ê, oô, batendo a borduna guerreira, cada índio por sua vez, na cabeça de Delfino, com firmeza e ritmo, ê, ôôô, êee, ê, oô, até, dizem, o cérebro do Delfino ir sobrando pelos buracos — olhos, narinas, boca e ouvido —, uma massa amarela e sangrenta, brotando de dentro dele, pelos buracos brotando, dizem, gosma nojo feito ranho. Andradazil. Andradazil. Andradazil. Nem queiram, o gosto de pólvora seca daqueles entreveros. Pai contra mãe. Menino contra menina. Irmão contra irmão. Mas agora ela vinha pra varar de bala a Guerra do Paranavaí.

De cansado enxergando visagem nosso tio e seu cavalo pelas matas do Siqueira ao findo quinto céu dessa história, três dias e três noites aquietaram — só comer, dormir, vez em quando obrar.

Nunca pensou nosso tio fosse só linguagem e presságio, descalabros de um lobisomem, o quinto entrecéu dessa fábula embuçada, daqui até o Aruanã, prometida para as manhãs de domingo, quem lá chegasse, uma rinha de galos. O Aruanã, pelo que se lembrava Rosenário, era um arruado com não mais de trinta casas empilhadas umas nas outras, lugar de homem fero e de lôbregas histórias, mas isto foi ao tempo do antes de mil e novecentos e quarenta e três, quando nosso tio era menino. Nunca mais pegara o rumo do Aruanã, mas agora só atravessando-o para chegar ao Pinhal, assanha dentro a alma aventurosa de nosso tio, suas garrafas de chifre, seu baralho cigano e as pedras-de-crescer no bolso que do bolso nunca tirava, amuleto, relicário. Ah, as saudades do tempo em que eu nem era, e nosso tio rodava a roda do mundo com suas mil engrenagens!

Mas as saudades, não se alongue, estas vão e vêm, e fabricam em silêncio a memória dos dias. Porque de vero só a galope do quinto entrecéu dessa fábula rasa, seus périplos, suas visagens. Daqui até o Ribeirão do Pinhal, Brioso põe ao través, crina e cavalo, e cavalo e cauda alegres consentem, a profusão de córregos, ribeiras, pequenos rios — tributários, mais tarde, do Laranjinha, e, deste, ao troar viscoso do Paranapanema. Não só os ribeirões, os riozinhos; é tudo além, floresta e cisma, bosques cerrados de limão-bravo pondo aos cheiros deste entrecéu úmido de presságios, mais que olor, um gosto ácido, cítrico, as trilhas retrançadas de espinho. A sombra da sombra atrás da palavra. Faísca o seixo, pedra-pome, na algazarra com que Brioso, nosso cavalo, pisa e chapinha, igual tivesse nascido desde sempre os cascos na água — translúcida ao ponto de revelar os cardumes dos mínimos peixinhos espargindo o prata súbito de sua chuva. Rosessálvio, nosso tio, daqui até o Pinhal, andando anda as margens.

Periplo de agua y espuma, hetavé, hi'á, nosso tio e os rios pequenos, o Mitãchu'í assanhado coleando, e fino, assim de asas, o Iruná, o Agriãozinho, o Verde, e o Corasí'iví, neblina, picaflor, com o seu serpenteio miúdo, penugem, safira d'água por onde, prenúncio de chuvas, a borboletinha miruá, de intenso tijolo, faz ondular em ouro, aos milhares, enxames, a cambiante superfície, acendendo e apagando; o revôo da miruá, aos rios pequenos confundida, tapete em flor, era como se o Panambi-iví undoso andasse — ocre, arisco, breve transluz. De ouro a hora, terrível, sobre as águas. A guerra azinhavre do cão, aquela guerra, de quando eu nem era nascido, e nosso tio, a memória de tudo, ainda era vivo. Andradazil. Andradazil. Andradazil. Ao lombo do saino, nossa leal montaria, segue Rosenário, o tio, escrevendo no vento que vai dar no Pinhal, añaretã, añaretãmeguá, esta história a risco de faca; vez por vez, vez em quando, ao rasgar sentido da sanfona, outras nostalgias. A guarânia merencória que, antes da guerra, a mão esquerda fazia ponteio e a direita dedilhava — *Aquela Flor.* Îvotîcacuã. Olor a madressilva. Ocarapotî. Que de saudades no peito de um homem!

A alma humana não nasce ruim; o mundo é que torna a gente assim meio bicho, añaretã, añaretãmeguá, as mãos, añaretã, tintas de sangue. Não gosta nem de lembrar, nosso tio, o Macaco estripado à unha — um só arreganho de facão do meio das pernas até a língua da garganta. E, perverso, sombra e pavor, muito tempo depois, não queira, o desgrenhado fantasma daquele Aquilão. As duras lembranças as evita Rosenaro, mas elas, añaretãmeguá, añaretãmeguá, negras, aziagas, ainda que de luto, emplumam.

Seguem daqui ao Aruanã, seu sol de manhãzinha, insolentes ensombrando a trilha, a banana-da-terra, aos cachos e, rubro coração-de-boi, sua florada; e vai também o crivéu da árvore-anã do limão-bravo em crestado verde, retorcida, feito aquilo fosse o espinho e o inferno. Añá. Añangá. O sol de manhãzinha para o Aruanã queima ao calor do árduo verão. O pó levanta da terra, vez ou outra, com furor, em remoinhos, as folhas ressecas e os gravetos do chão. É a estrada para o Aruanã ali onde nas manhãs de domingo se dá uma rinha de galos. E pelo tio passam as lembranças de remoto garnizé-da-roça, que um dia levou a combate, ao sopé da Amambaí, pequetito e insolente — perdendo, lutava até a ferida do pescoço e, quando vitorioso, capaz de continuar, agressivo e de extenuadas asas, bicando no olho o adversário. Chamou-o Añá, Roselândio, aquele tempo ainda antes da toda guerra do Paranavaí que ora viaja nosso tio do Guairá ao Paranapanema, sob sete medidos céus e seis entrecéus a cavalo. Andradazil. Andradazil. Andradazil.

Ao longe percebeu o vulto cambiante de um homem e sua montaria — ao véu da poeira, nuvem da cor do chão, vinha e agitava-se, ora majestoso, esvoaçante, ser crescido ao sol da tarde, e de aérea andadura; ora igual fosse só os panos, batidos de vento, em asas, a silhueta de um ser bem magro. Ardia o céu de fixo azul, o vento manhoso levantando redemunhos de ouriço e folhas, o abrasado da luz cegando, azul longínquo, os montes, que enganavam, como se perto estivesse o longe continuado deles igual o cinematógrafo que nosso tio foi ver, um dia, viagem de solteiro a Assunción. Moço e bêbado, deu dois tiros na tela, o Rosenente. Azáfama e debandar de gente. Mas riso mesmo foi nosso tio entre dois meganhas jurando que atirara em legítima defesa. Ao desconfiar, mandele fuego — chumbo grosso no Mascarado que, mais um pouco, contra a primeira fileira da assistência avançava. Ah, as moças rememórias; de bêbados os dias bambos. Agora é a guerra, a guerra e Andradazil. Cada vez mais próximo o vulto se recorta em negro, contra o quinto entrecéu desta fábula nua, a sua larga visagem. No mais, o resseco do pó crestando, do tio, a pele do rosto, repuxando a do pescoço, o ríspido de um lábio no outro; ásperas, de fina areia, as mãos. Îvîtîmboguasú. Îvîtîmbó. De Brioso nem pensar se queira, liso, poento, agora estranhado, crina e desassossego, pateante frente ao vulto que ora já se faz quase inteira figura. Mesmo sob difícil discernimento, Roseomem distinguiu que vinha em sua direção a feia carantonha do cavaleiro — magro, de magrez encovada, sumidas bochechas, um fio; debaixo do chapelão, e enrolado ao voante capote, a pena que dava. De contraste, o cavalo, massudo, velho e muito lento. Levantou de novo folha e poeira o vento que vinha coalhado de espinho. Nenhuma nuvem. Os claros. Os acesos. Os silêncios minados de cacto y bromelia. A guerra reverbera dentro cheia de tiros. Mãe contra pai, filho contra filho, o abrupto das facas e das balas, o aço da lâmina na garganta. A morte pedindo para morrer. Sangreira e fumaça, incêndios medonhos.

A menos de dez metros, um lázaro, o Magro? Se fosse, cadê a vara que eles, os camunhengues, conduziam, presa na ponta a latinha com qual, de longe, sem descer do cavalo e sem expor ninguém à praga, alcançavam o ajutório? Nada, o Magro era só muito magro, e friolento; e o mais, que se viu a seguir, na primeira risada — perfeitamente desdentado. O Avarã'y, o Hã'yva. Para cada dente, uma falha, lembrava coisa feita o desprovido entredentes do Magro. A fala fina, pelo sopro do intervalo dos dentes, meio que de fundo o Encovado assoviava. Chapéu na mão, respeitoso, o comprido pescoço saindo do capote, assim de lado — "Venho vindo do Aruanã. Luis Arnaldo, seu criado". "Roseno, também o seu... Vamos indo ao Pinhal." "Vamos? Tem parceiro andando atrás?" — a voz do Magro soprou por entre o vazio dos dentes. "Vamos é o modo de dizer.... Vosso criado, e este aqui, o zaino" — bateu amoroso, o tio, no pescoço do cavalo. "O Aruanã está o inferno." "O inferno?" "É, o inferno. Estão caçando o Desdentado." "Desdentado?" — assustou-se Rosenal, de cima da montaria. "É, o Desdentado" — silvou de novo o Magro, confirmando. "Me aclareie, o amigo. Quem que é o Desdentado?..." — encompridava Rosenilvo, ao modo de interpelar o Magro se o Desdentado não era ele mesmo, ali, fugindo do Aruanã, a cavalo. E nos diga o Hãimbá'yva, que frio aquele sob o ardor do sol? "Pensa o amigo que sou eu o Desdentado? Não, o Desdentado é lobo assassino, larápio, lobisomem..." — sibilou a fraca voz do Magro, vez em vez, melancólico, o pescoço sempre de lado. E sem deixar que nosso tio nova pergunta atalhasse, foi completo — "O problema é que estão caçando tudo que é desdentado... O Pai do Cão deixou por morta a ajudante do Padre e a filha virgem do dono do Aruanã, o homem dos galos...". Sem atinar a barbárie soprada fraca daquele Magro, veja-se que os galos são a prosápia do nosso tio — "E a rinha? Não vai ter mais briga de galo no Aruanã?" — foi a preocupação de Rosenário. "Enquanto não se mate o Guará Medonho, a paulada, não" — assobiou pela boca pequena, sem-dentes, o Assustado. "E quem vai matar o Luisón?" — indagou nosso tio, em guarani, o nome do lobo magro. Yaguahasí. Yaguarú. "Pela vontade do povo, todo o Aruanã. Mas é o pai da virgem que tem de arrancar do peito o coração do Desdentado..." — estrilou silvante a voz do Magro. Nova ventania desprendeu o pó da bananada-terra, erguendo do chão folha e poeira, e retrazendo, do limão-bravo, um quê de seu cheiro aziago — "Que eu mal pergunte — vai para onde o grande Luis, que já se pode dizer nosso compadre?" — ainda que cordial, desconfiou, de novo, Rosenílio, da cara do Magro, seus frios. "Vou para o Itaivaté, plantar roça ao pé do desfiladeiro, morar com os bichos..." — tritrilou, bem pálido, o Esguio. "Com os bichos?" — não acreditou Rosenélio, o tio, reperguntando — "Quer dizer... Com os lobos?". "Lobo?... Te esconjuro" — fingiu fingir mais uma vez o Encovado. E tocando levinho o calcanhar no barrigame de Brioso, bufante esplendor frente ao lento parrudo do cavalo do Magro, Rosenálio se despediu, cavalheiro, informando pressa, o calor abrasado, o desconforto da montaria, e antes que fizesse menção de tocar em frente ao Aruanã, o sol turvando os olhos, áspero nos lábios, até no cuspe o gosto de terra, viu bem nítido, o tio — o Encovado, ao levar de volta o chapéu à cabeça, na reverência da despedida, deixou deslizar pela magrez do braço, o direito, a manga do capote que revelou a descoberto um toco — o Desdentado não tinha mão. O pochapî. O tio não vive sem lembrar a arenga paraguaya, guará, Guairá, sus racontos guaranis. O revôo dos abutres no árduo céu, a faísca do relógio-de-bolso, patacão de ouro, que o tio consultou ao incêndio das três da tarde, tempestear de espelhos, parece embaralharam — no extremo mutilado do braço do Luisón, o escondido direito, Rosenário, nosso tio, nunca mais há de esquecer — redonda e de curvas unhas, nascendo do cotó, o Encovado disfarçava, peluda, a pata de um cão. Deus nos livre e guarde! — benzeu-se o tio, lembrando, do alforje, o rosário. Sem mais, tocando ao Aruanã, debaixo do poeirame, ainda que, prenúncio de chuva, miudinha a miruá insista, revoando os córregos, floreando os secos caminhos — daqui até o Ribeirão do Pinhal, os estilhaços, tonteios, da toda guerra do Paranavaí, ainda antes do treze de março de mil novecentos e quarenta e nove, o que narro e reconto, ao rumor dessa fábula agraz.

Ao escurecer, o Aruanã já se vislumbra desde o trote ronceiro da montaria, o murmulhante Aruazinho quase em ferradura como que abraça o amontoado de taperas; perdido no mundo, precisa ver é quando amanhece o Aruanã assim de galos. Ressaibo de terra até na goela, os olhos tesos, os do tio e os do cavalo, magoados da constante poeira, e o que nos salva, nessa hora, são de novo os riozinhos, muitos, inesgotáveis mesmo ao sol mais alto — o Aruá e o Passéu, o Mirim, o Curvo, o Aritizinho, e o Limão onde bóia em janeiro, branca-estrelinha, a flor miúda dos limais e o mimo em viço dos limoeiros. Ao agora crepúsculo do quinto entrecéu de nossa história, as miruás se amontoam, acasaladas pelo verão, vertendo a fieira de mínimos ovos, cal de brancos, sobre a folha do limão-bravo. Ouro-velho, barro-fulgor, no lusco-fusco, mexem as margens, remexem, ocres de novo revoam, ávidas da chuva que, pelo claro céu, secreta suspeição, só a miruá adivinha, e alardeia.

Da cabeça não tira, nosso tio, a visagem do Frioso — não havia dúvida, ele é que era o Desdentado, o Haimocã, e, solerte, dizia que não. E se lamuria Rosenélio não ter dado ao Encovado o que de justiça — voz de prisão. Mas e se o Caviloso se cortasse no espinheiro da trilha e, mesmo manso, encostasse em Rosenélio o seu sangue de lobo? Licantropo ia ficar nosso tio, se espojando onde se espojam os cavalos, único recurso para um Luisón retornar ao pálido de sua cara, e magra — o rosto do Encovado, o grande dos olhos dele, tristes. Não se engane contudo com lobisóns, bichos errantes, traiçoeiros — uns que sangravam, até a morte, as moças virgens, e outros bem capazes de arrancar, pelo beiço peludo, com o asco, dizem, do beijo, seu visgo, o frescor de nossas mulheres, que nunca mais ficavam as mesmas, atormentadas nas noites de lua, alardeava-se, a clamar, a boca abafada no travesseiro, que nenhum marido nos ouça, por novo abraço do Luisón — a eles para sempre condenadas. Os lobisomens, aquele tempo, rememora o tio, procurando no alforje o rosário, podiam coisa pior, e ainda mais profana — furar com as presas a mamica das velhas. Andradazil. Andradazil. Andradazil. Escorreito, direto ao Aruanã, à flor da noite, segue, na sexta-feira de grande lua, nosso tio e seu cavalo.

Doroí. Está sempre indo para Doroí, a bugra de olhos azuis por quem o seu coração, desde cedo, entregou-se, o macio da carne e as unhas lhe arrancando a pele das costas, bichos engrouvinhados em si, comendo-se. Ao menos uma vez confessou a padre se aquilo não eram sem-vergonhices, ao que o padre confirmou, mas Rosenudes jamais conseguiu não repetissem, posto que, em Doroí, a chama; um homem não queira o que de fogo, e todos os desassossegos. Trilha e trote ao Aruanã, depois dele e de seus lorpas, alguma légua depois, o Ribeirão do Pinhal com Doroí dentro parindo, no Morro do Lindo, a Andradazil assinalada. Andradazil. Andradazil. Andradazil. Trote e trilha, trilha e trote, os ventos, de poeira os redemoinhos, a fumaça ao longe das guerras macondas, o azul noturno deste entrecéu a cavalo, o amontoado Aruanã, inteiro aceso de tochas e lamparinas, o pó só agora apaziguado na véstia, no chapeirão, nas folhas, no lombo e pescoço de Brioso onde, se bater, levanta em polvo o resseco deste chão. Lua e estrelas, ao fulgor das constelações, a sexta-feira parece assim uma sexta-feira do outro mundo, o amontoado de tapera, cercado quase em ferradura pelo Araizinho, que estreito segue e segue e segue como que encompridando ao infinito uma das pernas do U da ferragem — ali o Aruanã, seus ensombros. Añá. Añangá. Ao longe vozes, clarões, algum eco, barulhos indiscerníveis. É a noite de sexta-feira no Aruanã, sem garantia de rinha de galos para a manhã do domingo, conforme adiantara o Esguio. Iria dizer ao primeiro que no Aruanã encontrasse — topara com ele, com o Encovado, o procurado Luisón, o Desdentado, o Hã'yva medonho. Mas e se o Desdentado não fosse o Desdentado? Homem justo, sem excluir os vícios casmurros, nosso tio, não se diga de sua vida uma vez sequer a calúnia e a infâmia. E o guizalhar da dúvida começou a martelar, de Rosenares, a paciência, e a lhe minar as certezas dúbias, seu cicio. Andradazil. Andradazil. Andradazil. E se tudo não fôra além que o brilho do patacão-de-ouro contra o sol, a miragem peluda, nascendo do cotoco da mão dele a pata lupina, a mão redonda do Yaguarú? Outras vertigens já vislumbrara o tio à faísca do relógio contra os espelhos do céu — uma vez ao menos, viu na trilha, multicor, um ninhal de corais, mas era só um lúgubre, antevisão do Paranavaí, a guerra, aquilo cobra não era. Duro reflexo calcinado, miríades, fulgurância — ao extremo do braço, o Frioso não tinha mais que o cotó e se evadia do Aruanã só porque desdentado, com medo, o pobre, de morrer a pauladas. O Lúgubre lá ia ter frio? E o Encovado, viu-se, o que mais penava era de friagem. Não, o Magro, o Luisón não era.

Quem então o Añarecorerecuá? Mal apeou do cavalo, perguntou na primeira venda, um rancho onde de dormir, comer e lavar-se e ali mesmo tinha o quarto, a comida e o banho. O Aruanã, não se discuta, contava-se nos dedos.

Deram ao tio o segundo cômodo, à esquerda, atravessando por fora a cozinha e a despensa, e uma chave — tremeram de Rosenon as ásperas mãos —, uma chave de número 13. Sabia, desde menino, ainda antes do mil novecentos e quarenta e três, quando eu nem era nascido, o que de turvo o Aruanã coalhado de feitos. Contava a Avó, aquele tempo, que ao Aruanã não fosse — na saída do povoado, vejam-se, as cruzes do cemitério e as moças que ao viajante vêm dar boa-noite, moças louras de topete estrangeiro, o batom bem rubro e um sinal na testa. Um sinal? Ferida aberta da Morte que trazem dentro.

O Aruanã não se cavalgue, sem antes, sete noites, a reza braba de São Salustre, e foi assim que cresceu o tio andando aquelas paragens, do sopé da Amambaí ao Taquaral contínuo, barrancas do Paranapanema; do Guairá ao Pinhal, ouvindo ouvir pela estrada as fábulas loucas. Um porco, dizia-se, pelo Aruanã andava, por dentro dos silêncios — na cabeça uma coroa de Papa, inimaginável assim um porco, não fosse no Aruanã, o porco chamado Título que lambia das mulheres o úmido do sexo, e um versejador de belezas, um tal Reguiásceo, levava o porco, corda afora, um jaguara, pela coleira, o porco, um cão em silêncio. O Curé. O Taitetú. O Título.

E logo na primeira roda de virado, comido a colher — a fome de nosso tio —, de pronto, a zombaria, a risadarada — "Conta pro recém-chegado, do Desdentado..." — ria e desafiava, um Corcovo, diz que criador de garnizé em Aramirtes, limpando a boca as costas da mão — de engordurada, já lustrosa. E insistia — "Conta... Conta pro moço...". Nisto um peão se animou, o riograndense sotaque — "Índio velho, malguilvas felpas, tchê..." — tartamudeava o Gaúcho, brandindo os dentes nos des. Vinha de Viamão atravessando bois Paraná afora e, no Aruanã, folgava — "Te refreia, tchê, te refreia... O Desdentado é causo sério, índio. De lobo o mundo está cheio, felpas, malguilvas..." — em Viamão, repetia o Bombacha, vira cousa pior, e verdadeira. O Corcunda parece duvidava, e fustigava, com verve, o créu — "Não vá beber demais o nosso Fronteira... O Desdentado, ó! Nhoct!..." — meio que se sujava com o virado o Giboso. Rosenário ousou, embora a dúvida, o patacão rútilo ao sol, a visagem — "Acredito como o Bombacha. Lobisomem existe, coisa comprovada". "Comprovado? Da onde, me diga, nasce o lobisomem?" — inquiriu o Carimboto afrontando, de nosso tio, a experiência recém com o Encovado. E, desse modo, entre uma e outra colherada, Rosenévio não se conteve, a sombra atrás da palavra, e mesmo falto de certeza asseverou — "Eu vi o Luisón. Agora há pouco, antes de escurecer, vindo na estrada...". "Era ele, o Desgraçado?" — se aproximou mais o Viamão, a colher cheia a meio caminho da boca, no olhar um olhar de esgazeio. "Tem certeza que era ele?" — reperguntou o Fronteira, com jeito solerte, estudioso. "A mais legítima. Disse que ia para o Itaivaté lidar com cabrito..." — floreou o tio. "Cabrito?" — desconfiou agora o Corcovo, sabedor que o Magro o Luisón não era — "Quem acabou de sair para o Itaivaté, de muda, fazer roça lá e viver com os bichos foi Luis Arnaldo, o Desdentado". "E não é Desdentado o Desdentado?" — cruzou a indagação, Rosenálio. "Nada. Tem é dente demais o Lobo" — esclareceu o Fronteira. E como nosso tio assuntava, explicou o Tchê, créu, meio assustado — "O que aquilo no pescoço da ajudante do Padre senão a serrilha de uma toda dentaria, tchê? Pode que dente avariado, mas dente, no pescoço da mulher do Padre..." — "Será o Lobisón, o Padre?..." — não acreditou o Corcova, encobrindo com a mão um risinho curto de apodrecidos caninos.

Só assim acalmou-se o tio estendendo de inteiro a colher no prato, ciente dos enganos, agora sim, que o patacão ao sol, refulgurante, provocava, e remoeu-se de acusar, no íntimo, o Frioso tão manso à entrada do Aruanã encontrado. Viram? Serrilha de dentarada deixara o Lôbrego na mulher do Padre. "E a Virgem filha do senhor dos galos?" — quis saber súbito nosso tio, sorvendo com estrépito o café tropeiro, cuspindo entrelábios a borra. E foi, por incrédulo que seja, o Torto quem respondeu, catito — "Ali é que se acreditou fosse o Desdentado..." — "Como? Não tinha marca da serrilha de toda a dentaria, a Virgem?" — se arrepiou consigo Roseníveo, nosso tio. "Não. Diz que não tinha, o povo que acredita em lobisomem..." "Um dente, um vazio; um vazio, um dente; um dente..." — esmiuçou o Viamão, ajuntando. O tio sentiu na barriga o ímpeto de um frio — "Então... então..." — não achava as palavras. "Então a Virgem quem acabou com ela foi o Desdentado?" "Mas não foi não o Luis Arnaldo" — concluso, riu de novo, o risinho podre, o Encorvado. E a nosso tio foi dado ver, pela segunda vez nessa fábula lupina, o que nunca pensou de novo um dia visse — o Viamão abriu a boca toda numa franca gargalhada — "Ah, então pensa o Curvo, nosso índio corcova, que sou eu o Desdentado?" — e o que se exibiu, perfeita, foi a desdentadura do Bombacha — um dente, um vazio; um vazio, um dente; um dente... Temeroso, desconfiado, à cama de aluguel do Aruanã recolheu-se cedo o tio, não sem antes pôr a pastar, verdes rocios, o Zaino, nosso cavalo.

No meio da noite, o tio acordou para mijar. Tateou no bidê atrás do bingo a fim de acender o cotoco de vela. Cotoco? Lembrou-se bem, Rosenino, nosso tio, o lugar que estava — ali era o Aruanã onde as histórias andavam — a do Porco e a do Lúgubre, a do Îvîtú, assim uma que espécie de visagem do vento, e a do Hesatí, monstro de pó e poeira que os antigos diziam morar debaixo do Morro da Alexandrina, distrito do Aruanã, seu patrimônio, como se o Aruanã cidade fosse, as trinta taperas. Ventava pelas frestas do cômodo, mas, protegendo a vela com a mão, o tio conseguiu chegar ao reservado no terreiro. As folhas secas da tarumã entre as pernas de Roserino levantaram-se num vôo e ainda assim a vela seguiu bruxuleando na concha da mão do tio. Em pé mijando, a vela na mão, pela fresta do reservado Rosenálio asssombrou-se — sacudia a crina e bufava do outro lado da cerca um cavalo. Aproximando o olho da fresta, o tio enxergou melhor — um cavalo massudo, velho e lento — não era o cavalo do Magro? Ali? Àquela hora? Retornara o Encovado ou, aquele, o cavalo, não era o cavalo do Lobo? Ao exame da lua e da viva láctea que pelo teto a descoberto do reservado entravam, o tio pressentiu que mais de meia-noite era o que o céu marcava. Ali, o Aruanã — tremeu a memória de Rosereno. De novo as folhas secas da tarumã ao salobro brisal andaram.

Um cavalo de asas o cavalo do Magro? Não aceitou o tio, depois de mijar, agora entretido só com espiar as frestas. O cavalo de novo mexeu-se, vagaroso, crina e inquieta cauda, e quase Roserino pôde dizer que vira — da exata metade do lombo, aquilo abrindo-se e fechando, um leque, nascido de cada lado do bicho, não era asa? Agora não havia a desculpa do relógio e suas faíscas, o cotoco, a pata, ao lume do reflexo firmamento. Era a noite, a vasta noite do Aruanã ao coalho da grande lua — fino recorte, pintura, ínfimo o Aruanã debaixo daquele céu. Pîhareguiveco'ême. Apertando os olhos, em busca de mais nitidez, Roseruno viu, e escutou de todos os lados — estrépito, relinchos, um vulto que, à luz da lamparina com que tentava montar ao cavalo, fez espichar uma sombra, mas tão comprida, tão fina, que ninguém duvide — pela barriga de Roserano gelou um frio — aquilo, valha-nos Deus!, era, sim, o Encovado. Da meia-noite às seis, da noite a noite inteira, pîhareguiveco'ême, ninguém duvide — ia atazanar todo o povoado, comendo bosta, revirando os galinheiros e saltando, lupino, a cerca das casas, invadindo o quarto das mulheres solitárias e, à unha e dentada, arrancando das virgens a virgindade, e, das donas já feitas, mordendo os peitos, lambuzando de urina e baba a cara das coitadas. O Yaguarú. O Añara'î. O Hyi'ymbá.

Não teve outro jeito nosso tio senão continuar no reservado, em silêncio, de cócoras, colado às frestas. A vela, não se sabe como, embora um cotoco, cotoco?, tudo a clarear deixava, a ponto de ver que, embora o vulto e os ruídos, a voz do Lobo, quem sabe, ciciada, o de fato foi um cavalo sozinho, não com duas, mas quatro asas, um par em cada flanco da ilharga, levantar terrível vôo, sem cavaleiro Esguio ou Magro. Do chão até muito acima das copas, o que vimos, a seguir, vertiginoso, que cavalo?, foi o colosso de um pássaro, não de quatro, mas de cinco mil asas, tanta asa que não dava nem para ver se continuava cavalo.

Retonto e estremunhado, a calça meio nas mãos, o tio assim que pôde saiu do reservado, tomando o caminho de volta para a cama onde sonhava com Andradazil e as guerras. Ainda além que todo o Itacoatiara, impossível esquecer — mesmo às voltas com um cavalo-de-asas — o sangue dos heróis, as duras batalhas, verdes os lenços carcomidos e aquele embate dentro feito uma mortalha. Ninguém que fale da guerra por essas trilhas calcinadas, é que a guerra é no sangue, na entranha sua rudeza, nosso tio percebe ao travo de seu cuspe o que do sal da guerra, seu mais legítimo azinhavre. Dorme o tio, entanto, o justo sono, até que o acorde, de novo, a barulhada. Quatro ou cinco homens correm de pau atrás do guará que, embora ferido, ágil, a todos dribla, e outra vez salta, late e range e até com a unha em fúria o lobo ataca. Pela janela dos cômodos, Rosevuro não está sozinho, na madrugada acesa do Aruanã outras almas às janelas surgem para ver o espetáculo que da rua é toda a zoada. Mas assistir, de fato, não quer o tio, o modo como a pauladas, uivos, cuinhã, cuinhã, cuinhã, a cabeça do guará torna uma pasta. Esquálido e estremecido, a mandíbula sangrenta, as pernas finas, o lobinho antes de morrer, convulso, ainda ganiu — de raiva. E os homens, satisfeitos, barrigudos e às gargalhadas, com as costas da mão limpam a boca de invisível baba, devia de ser o cansaço de correr sem fôlego atrás do miserável. Falavam de outra virgem esta feita retalho — mordida e unhas do Desdentado. Desdentado? Era o que com sono o povo no meio da noite alardeava. O tio de novo imaginou o Encovado. Aquilo não tinha asas, foi em sonho que o tio viu subir o cavalo do Magro. E agora, se Luisón era, o que ele do Guará esmigalhado? Luis Arnaldo não era mais? — emocionou o tio lembrar, sobre o cavalo, na entrada do Aruanã, o flautim da voz do Esguio; de humilde, meio de lado. O Magro o Luisón era? Será que era o Lobo o Encovado? E se não fosse? Via-se que o Magro era só desdentado, e que mais não era, além, claro, do defeitinho do braço.

Aquela noite, mal dormiu o nosso tio, o dia precoce andando sobre a cama, o resseco verão cedo deu com Rosenaro em vigília. Agora ia de vez deixar o Aruanã, neste sábado mesmo, que ora sem galos nem era o Aruanã, só o visgo de suas lôbregas histórias. Ficar não ficava, o que valia ali eram os galos. E depois tinha a guerra, Andradazil e, de Doroí, toda agrura. A faca e fogo os misteres desta guerra, seus meandros. Aquele dia e o outro não se falaria em outra coisa que não do guará, caça e víscera, bom matar mais e mais o desgranhado até que a morte nele esteja tão completamente morrida que não sobre dele nem a carcaça.

Ao pegar o cavalinho viu que ao seu lado, à solta em larga corda, quase meia-rua andava, outro cavalo — lento, massudo e velho, pelo preto da cor e a mancha no focinho, agora, tinha certeza o tio, era o cavayú do Magro, seu caváio. Perguntou por ele, por Luis Arnaldo. E o povo explicava — não viu que de ontem era ele o guará magro? O Luis Arnaldo? Ora, homem, o Desdentado. O Desdentado? Nosso Senhor Jesus Cristo, o Magro?! Então era mesmo dele o cavalo que viu, de asas?

Mas foi dando a adivinhar o fim do quinto entrecéu dessa história baia, seus cerros, seus entrechos, olor a poeira, que meia légua depois do Aruanã, caminho do Ribeirão do Pinhal, sonado ao lombo do Zaino, estio e janeiro, Rosenário deu, de novo, desde longe, com outro vulto na estrada. Mesmo cinema, mesmo cinematógrafo. O vulto fazia que vinha mas não vinha, e acabava vindo com a dança no vento de seu capote. Pasmem, era ainda uma vez o Encovado, e portanto ele o Luisón não era, a mesma magra figura, seus esguios, suas falas, e o redondo cavalo preto, de manchado focinho, a sustentá-lo. Ao levantar o chapéu, ao modo de boas manhãs, bom dia, deixar o cotoco à mostra, de novo Luis Arnaldo fez de hábito — e, mais uma assertiva, nada ali enxergou o tio que não o cotó do Magro. Que mão de Lobo, peluda? Que recurvas as unhas? Que patas? Gelou, só de pensar, tio Rosevero, a cavalo. Aquilo não era da conta do Desdentado. "Mataram o lobisomem" — foi o Pescoço primeiro quem disse, frágil, feliz meio que rindo, falhos os dentes, apaziguado. Agora podia ser, à sorrelfa ou sem disfarce, do jeito que fosse, um Desdentado. "É, mataram...." — confirmou Roserino, o olhar no horizonte, absorto. "Sabe, o viajante, quem era o Desdentado?" — de novo, um fio, a voz do Magro. Arrepiou o pêlo do braço, o tio, só em ouvir a insistência do Encovado. E lá interessava saber quem que era o Desgraçado? Agora nada importava, o guará estava lá, nem carcaça; a morte, por todos, e cada um, matada. Alguém do Aruanã, sendo o Lúgubre, deixaria um cavalo à solta, aí onde todo o mistério pode ser que se desfaça? Quase teve raiva, o tio, dos olhos cheios de lágrima pelo Esguio, pensando fosse o Guará quase morto, este que ora, de seu massudo cavalo, se aprontava para dizer quem que era o Pai do Cão, o Yaguarú, o Haimocã, o Lobo por fim castrado. — "Lembra o forasteiro..." — começou fino o Encovado, daquele seu modo soprante. O tio, de novo, não se desdiga, tremia debaixo da véstia, que medo de vivo não tinha, mas não lhe pusesse na frente sequer o inocente pererê, seu saci, borrava-se. "Quem que é? Desembuxa, Luis Arnaldo!" "Não vai acreditar, o de fora..." — recomeçou, agora, além de fina, bem fanha, a voz do Magro. "O cavaleiro lembra de um Viamão?" "Lembro, claro que lembro. Não me diga era ele o Luisón, o Fronteira?" — quis saber, com pressa, Rosenácar, nosso tio. "Lembra com quem o Bombacha andava? Assim quase de par?" "Lembro" — lembrou o tio transpassado. "Pois então..." — soprou, fino de cortar o coração, o fio de voz do Arnaldo. E prosseguiu, em mesmo tom — "O Corcova era que era o Luisón". O tio recordou o Lúgubre escondendo com a mão o risinho, com certeza desdentado, e logo pensou no alforje com o rosário dentro, e três vezes benzeu-se antes de, compadre e íntimo, se despedir do Arnaldo, agora, mais do que nunca, sem nada que contra ele falasse, a não ser o escondido cotoco debaixo do capote. O Pochapî. Um triste, o Magro.

    O sexto entrecéu, preparo de novo céu, nessa história a cavalo, é entrecéu conversador — cavaleiro e cavalgadura, alegres os dois, não importa que a vida teime em ser só a agrura, a guerra e o Itacoatiara, o Paranavaí e Andradazil, as fogueiras, as fumaças, os incêndios e as balas, cavayú, Brioso, nosso caváio, o que de estrada a nossa vida andeja, por que caminos? Trota e trota o Zaino, nosso caváio, cavayú yaracuaá, cavalinho bom desde o Araré, brioso caballo, cavayú kîre'y, nosso caváio. Para que o chuvaréu das balas, metralhas, obus? Cavayú kîre'y, nosso caváio, cavayú, cavayú, mesmo caváio, é dele a marcha deste entrecéu, que gesta nas dobras, trotado como trotam ao vento igualmente as intrigas, ao lombo desse caváio, cavayú, caváio, o agraz das lendas, nossa viagem. Caváio, meu bem, caváio, foi de noite ou foi de dia, ara há pîharé, o casamento de Andreu com a cobra Yarára — ele cavaleiro; ela cobra criada? Que mal-pergunte, nosso caváio, Brioso cavayú meu — dá de alegrar o cansaço, tristezas que o mundo tem? Chegar chegado ao Pinhal, na mão, as duas, inteirinha a Andradazil! Coração deixei bisonho, tarde branca em Luisiara, só eu e o meu caváio — verseja o tio, meio assobia, estradas que o Paranapanema já leva de arrasto, no chão o macio da areia. Cavayú, caváio — tem memória que o mundo engole, diga, me diga, caballo meu? Se ao sopé da cordilheira nasceu em mil novecentos e vinte e três, já tinha vinte, o tio, no ano quarenta e três e eu nem ainda era nascido, mas Rosenilson, nosso tio, já por este mundo troava sua verve, sua risada; cavalgava. Caváio não vai dizer ao cavayú do dono seu quem é que dorme ao sopé da Amambaí, dia e noite, noite e dia? Quem lá dormiu nem lobo era. Não mais os ressecos do Aruanã, seus áridos, suas tinieblas, agora sopra um úmido que já é quase o Paranapanema chuviscando as águas, na cara. Caváio, caváio meu, cavayú do tio, nosso bastante cavalo. Caváio, cavayú, caváio.

Aí então que foi o sexto céu — noitinha janeira, ainda no lusco-fusco do entressombra, do leva-e-traz, o zaino retroteou mansamente, as narinas dilatadas como se identificasse velhos cheiros familiares, miasmas, o bafo morno da buganvília da tarde, ainda que percorra o duro coração do cavaleiro, Roseano, nosso tio, gelado o aço de um punhal, um não-sei-quê, sombras, espichadas sombras, cansaço e medo, a lua branca neste céu quase mortalha. E se tudo não passasse de estórias, graves estórias contadas por uma cigana louca ao meio brusco do Vale do Paranapanema? E se tudo já não fosse? De novo o desgosto primeiro, de juntar nas mãos a morte de mais um filho que não viu nascer? A morte há? Há a morte de não-haver? De cada margem da estreita trilha, é como se árvores e capins altos desenhassem a comprida mancha de um fantasma. Ao manso do cavalinho, limpas estrelas molhadas, Roseano, nosso tio, aperta no olho uma lágrima que, antes de cair — se for céu que veja —, faísca, e reflete, no rebrilho de sua mínima fulgurância, inteira e redonda, do céu, do sexto céu dessa fábula alvaiada, a mesma lua.

Mas foi tempestade de arreganho, capaz de alongar todo o caminho, e é por isso que ao tranco do galope bárbaro, Brioso, nosso zaino, vôa e trespassa os caminhos de barro daquele Vale do Paranapanema, para que Rosemânio, nosso tio, chegue a tempo, entrando já pela noite o dia assinalado. Zil. Zil. Zil. Nem sobra minuto para que o nome se conjugue inteiro nas dobras do coração. Véstia e crina, chapéus e orelhas, agora, sim, ao claro da lua esquiza, desembesta, patas e nervos, cascos e músculos, nosso zaino peleador, acudindo às pressas atrás, sempre atrás, do sétimo céu desta história a esmo.

Até que ao longe, céu de Ribeirão do Pinhal, a noite transparente denuncia o vôo largo dos abutres noturnos, vôo e revôo, adejar às vezes próximo, que o zaino, Brioso, renega, e tio Rosevalvo desacata, o chapéu na mão pronto para espantar alguma mais que desaforada rapina e, junto, as porfias, a guerra?, cheiro a queimado e incêndio, rebarba amargosa, os tufos pretos de fumaça subindo ao céu, ao sexto céu desta lenda pressurosa, todo o céu de Ribeirão do Pinhal.

Cascos e fúria, Rosmênico, nosso tio, chega enfim ao Morro do Lindo, ao portãozinho da casa verde, que abre a braçadas e pontapés; a barba, de grisalha, suja dos dias, e os olhos verdes de um fixo látego aterrador, chamando por Doroí — Doroí, Doroí, Doroí. Aos poucos, em susto, descobrindo, pelo que, sombra, desdobra a lamparina: atrás do voejar de morcegos atarantados pela luz, a parede crivada de balas, os vidros das janelas comidos pela coronha dos fuzis, e o silêncio que só não se escuta porque ecoante nosso tio ainda chama e chama muito, estrepitoso — Doroí, Doroí, Doroí. Impossível miséria esta frente aos olhos de nosso tio Rosenalvo que, como louco, sai ao terreiro, a lamparina numa das mãos, dando tiro para todos os lados, virando à inteira roda do corpo, várias vezes virando, e disparando, o tio, a arma e a lamparina, no centro do terreiro, baixo o tonitruante estrépito de chumbo e bala cuspindo da boca de seu canhão. E tão intenso o tiroteio que um rojão de balas, desastroso, derruba, da velha mangueira, bugio, sagüi, passarinho, a exemplo daquele remoto bisavô alemão, seu avô, antes, muito antes da Guerra do Paranavaí, ali onde, pela primeira vez, a morte não havia. Mas eis que cai, junto, apavorada, a figura cafusa da negra Nhô, tição e macaca, o pixaim enorme, com a noite confundido, duro de gordura, lustroso, e onde, diziam, mimava cobras-meninas e carrapato, a negra Nhô, saída de sua furna, derrubada da árvore pelo tiro de mosquetão, ainda que, nem de raspo, nela, nenhum chumbinho, só o chamusco da pólvora, mas era como se tivesse sido furada de bala, o esbaforido dos olhos, saltando amarelos da órbita, entre o que o luzeiro, vacilante nas mãos de nosso tio, ilumina e logo deixa de iluminar, os símios olhos escuros, o símio naso, a fala difícil, o gaguejante pavor.

"Ô, Nhô! Cadê a bugra, Nhô? Cadê Andradazil?" —

"Quê? Quem?" —"Andradazil, negra!" — "Os soldados, sêo Roserno... Os soldados..." — "Quê que fizeram, negra dos diabos? Desembucha!" — "Levaram ela" — "Levaram? Levaram quem?" — "Levaram Doroí, e Dradazir na barriga da Doroí, sêo Rosimeno" — "E Andradazil não nasceu não, negra do inferno? Ainda que não, bicho preto?" — "Nasceu, não, sêo Rosirvo, nasceu não" — "E pra onde que levaram elas, monstra?" — "Pra muito longe, seo Roseno" — "Longe pra onde, bisonha?" — "Diz que longe pra Guerra do Paranavaí".

O sétimo céu desta fábula estrela, vês?, tão sucinto, de novo entardece — só uma linha e a fímbria do horizonte.

ELUCIDÁRIO GUARANI

AGARÁ: lisonja; lisonjeador.
AMAMBAÍ: rio das maranhas; cordilheira na divisa do Paraguai e Brasil (com o estado de Mato Grosso do Sul).
AMBOTÁ: bigode.
ANAMÁ: aliança; ANAMÁ PORÃ: linda aliança.
AÑÁ: diabo; demônio.
AÑANGÁ: outro nome do demônio.
AÑARA'Ĩ: filho do demônio: filho do diabo.
AÑARECORERECUÁ: diabólico; coisa diabólica.
AÑARETÃ: inferno.
AÑARETÃMEGUÁ: infernal; coisa infernal.
ÃNGAVA'Y: perigo (guarani arcaico).
ARA HÁ PĨHARÉ: noite e dia; a idéia de alguma ação em continuidade no tempo.
ASĨGUERA: irmão de sangue.
ATARÁ: armadilha (guarani arcaico).
AVARÃ'Y: desdentado; pessoa sem os dentes da frente.
AVEVÓ: gordo, taludo.

MBA'EPÚ: música.
MBA'ESPOROMONDĨIHÁ: milagre.
MBOI: cobra.

MBOICHUMBÉ: cobra coral; tornar da cor do coral.
MBOICHUMBÉMICHI: cobrazinha coral.
MBYÁ: vulva: vagina; o sexo das fêmeas.
MBYÁMICHI: vulvazinha.
MBYÁMICHIMI: vulvazinhinha.

CARAÍ: senhor; homem mais velho.
CAVAYÚ: cavalo.
CAVAYÚ KĨRE'Y: cavalo brioso.
CAVAYÚ YARACUAÁ: cavalo manso.
CHÃ / CHEÃ: amigo; pessoa amiga; camarada.
CHIÃ: ruído da água quando ferve; chiado de roda ou de peito, das vias respiratórias; o barulho do arfar.
CHOMÉ / CHUMÉ: o antropônimo Tomás.
CHORORÓ: designação do ruído que a água faz quando escorre; murmúrio; murmurar; sussurro.
CORASÍ'IVÍ: recanto dos beija-flores.
CUÑAMBAYÉ: bruxa; feiticeira.
CUÑATAÍ: moça virgem; menina de até dez anos de idade.
CURÉ: porco.

GUAIRÁ: também chamada Guaíra, cidade às margens do rio Paraná, na confluência da fronteira dos estados do Paraná e Mato Grosso do Sul, no Brasil, com o Paraguai; vocábulo obscuro, alguns dicionaristas dão como derivado de GUA'Í (jovem, nativo, indígena) e RÁ (lugar, terra), terra da juventude; lugar dos índios.
GUARINÍ: guerra; guerrear.

HÃ' ANGÁ: apontar; assinalar; ameaçar.
HÃIMBÁ'YVA: desdentado; banguela.
HAIMOCÃ: desdentado; banguela.
HÃ'YVA: pessoa sem dentes; desdentado; banguela.

HEGUÃ: lugar de perigo (mortal) no corpo humano.
HETAVÉ: muitas coisas mais; muito mais.
HI'Á: frutificar.
HYI'YMBÁ: sem dentes; desdentado; banguela.

IMBARETÉ: forte; taludo.
IRÚ: companheiro; camarada; amante; acompanhante; concubino(a).
ITAIVATÉ: pedra alta; ita (pedra) e îvaté (alto).
ÎVÎTÚ: vento.
ÎVÎTURO'Î: vento frio.
ÎVÎTUPÍ: vento calmo.
ÎVÎTUPÎAMBÚ: o rugir do vento; prenúncio de tempestade.
IVITUVAÍ: vento ruim.
ÎVÎTÎMBÓ: pó; poeira; poeirame.
ÎVÎTÎMBOGUASÚ: muito pó; muita poeira.
ÎVÎTUCUARAHÎSÊHACOTÎGUÁ: vento oeste.
ÎVOTÎCACUÃ: flor cheirosa.

LUISÓN: lobisomem.

MAMAGUASÚ: bisavó materna; a avó da mãe.
MITÃCHU'Î: criancinha; por extensão, criançadinha.
MOMANDU'Á: recordar; lembrar.
MOÑUHÃ: fazer armadilhas; espreitar; vigiar.

ÑE'Ê: palavra; vocábulo; língua; idioma; voz; comunicação; comunicar-se; falar; conversar; fabular.
ÑEMBOTAROVÁ: louco; tornar-se louco; ir enlouquecendo.
NIMBÍ: reluzir; brilhar; ofuscar; reluzente.
ÑORAIRÕ: guerrear.

OCARAPOTÎ: flor silvestre.

PANAMBI-Y / PANAMBI-IVĨ: riozinho borboleta; riozinho das borboletas; PANAMBI (borboleta) e Y ou I (riozinho).
PARAGUAY: rio coroado; rio das coroas de pena; rio com muitos papagaios.
PARAI'EVU: vulva; vagina.
PARANÁ: rio unido e/ou ligado ao mar.
PÏACÁ: forte; resistente.
PÏ'AGUASÚ: coragem; corajoso; destemor.
PÏHAREGUIVECO'ÊME: da meia noite até de manhãzinha, entre seis, seis e meia da manhã.
PIRARETÃ: lugar ou país dos peixes; de pirá (peixe) e retã ou tetã (região, país).
POCHAPĨ: maneta.
PORÃ: lindo; linda.
PORÃITÉ: muito lindo.
PORÃITEREÍ: lindíssimo.
PORÃITEVÉ: muito mais lindo.
PORENOSÉ: desejo de sexo; tesão.

SUMÉ: o antropônimo Tomás.

TAITETÚ: porco: cateto.
TAPĨPÍ: vulva; vagina.
TEYÚ: lagarto.
TICAVACUÁ: corrente; correnteza.
TIKE'ÏRÁ: o modo como os irmãos mais velhos chamam respeitosamente os irmãos menores.
TUVICHÁ: chefe: cacique; superior.

VERÁ: cintilar; cintilância; fulgor.

YAGUAHASÍ: cachorro louco.
YAGUARÚ: lobo; literalmente o pai do cão.
YAYÁL: fulgurar; reluzir; fulgurância; fulgor.

Os acentos do guarani foram adaptados aos disponíveis em português. Fontes: *Gramática Guaraní* — T. Osuna; *Toponímia Guaraní* — A. Jover Peralta; *Diccionario Guaraní-Español/Español-Guaraní* — A. Jover Peralta e T. Osuna (Artes Gráficas De Vinne, Asunción, 1984).

Este livro foi composto em Minion
pela Bracher & Malta, com
fotolitos do Bureau 34 e impresso
pela Bartira Gráfica e Editora em
papel Pólen Soft 80 g/m^2 da Cia.
Suzano de Papel e Celulose para a
Editora 34, em junho de 2000.